A EQUIPE DO OlhO aberto

MARGARIDA PATRIOTA

Prêmio Brasília de Literatura de 1991, na categoria Juvenil

Prêmio Adolfo Aizen de Literatura Juvenil - 1995, da União Brasileira de Escritores.

Ilustrações:
Ana Raquel

Formato

FICHA CATALOGRÁFICA

Dados Internacionais de Catalogação na Publicação (CIP)
(Câmara Brasileira do Livro, SP, Brasil)

Patriota, Margarida
A equipe do Olho Aberto / Margarida Patriota;
Ilustrações de Ana Raquel.
- São Paulo: Formato Editorial, 1994.

ISBN 978-85-7208-101-6

1. Literatura infantojuvenil I. Raquel, Ana
II. Título

94-0560 CDD - 028.5

Índices para catálogo sistemático:

1. Literatura infantojuvenil 028.5
2. Literatura juvenil 028.5

3ª edição
6ª tiragem, 2018

958599.003.005

CL: 810960
CAE: 576965

Gráfica Paym

A EQUIPE DO OLHO ABERTO

Margarida Patriota

PROPOSTA DE ATIVIDADES

PARA O ALUNO

Nome: ______________________________

Escola: ______________________ Ano: __________

Um grupo de alunos do Colégio Alternativo decide fazer um jornal, *O Olho Aberto*.

A publicação do primeiro número coloca frente a frente dois grupos rivais, que defendem ideias muito diferentes sobre o conteúdo e objetivo de um jornal.

ANALISANDO O TEXTO

ENREDO

1. A narrativa se inicia com uma decisão do Rui. Que decisão é?
2. Como seus colegas de equipe reagiram a essa decisão?
3. Na opinião de Rui, como reagiriam os outros colegas do nono ano, se tivessem sido consultados, e a sua família, se ele tivesse avisado em casa?
4. Você acha necessário vivenciar uma invasão para escrever sobre ela? Por quê?
5. O próprio Rui tenta analisar sua atitude:

   a) Que motivos ele levanta para explicá-la?

   b) De acordo com o desenvolvimento da história, qual foi a sua mais forte motivação?
6. No segundo capítulo, Sônia e Mauro distribuem para os alunos do Colégio Alternativo o primeiro número do *Olho Aberto*.

   Que aspectos do jornal levam a turma do Roberto a criticá-lo com as seguintes frases:

   a) "Chamarem isso de jornal... Põe pretensão!" (p.18)

   b) "– Pô, a vaidade desse cara!" (p.18)

   c) "– Tanta gente famosa dando sopa, foram escolher um Zé Calado." (p.21)

   d) "– Esse pessoal não entende de nada! (...) – Menor noção de ibope..." (p.24)

   e) "– Deixaram em branco o maior fato dos últimos tempos..." (p.24)
7. a) Que razões foram alegadas por Roberto Tarti, o líder do grupo rival, ao propor patrocinador profissional para o *Olho Aberto*?

   b) De que parte do jornal ele se valeu para fazer essa sugestão?
8. Na mensagem ao leitor, a proposta é um jornal divertido e informativo. Pela leitura do primeiro número, você avalia que a equipe de redação atingiu seu objetivo? Justifique.
9. Roberto e sua turma taxam o *Olho Aberto* de "jornalzinho de grupo que promove sua própria equipe".

   a) Que argumentos usam para fundamentar essas críticas?

   b) Como a equipe de redação as recebe?

10. Quem teve mais segurança e discernimento, no grupo, para avaliar as críticas?
11. Por que as críticas do Roberto pesaram mais que a avaliação de Dona Jerusa?
12. Você acha que o diretor favoreceu o grupo de Roberto, por ocasião do lançamento da segunda edição do jornal? Justifique.
13. a) Que acusação o grupo de Rui fez a Gisfranco?

    b) Como Gisfranco reagiu?
14. Que aspectos do segundo número do jornal levam a turma do Rui a criticá-lo com as seguintes frases:

    a) "– Cortaram!" (p.61)

    b) "– Tudo de graça tem um preço..." (p.61)
15. Wandick, aluno do sétimo ano, interessa-se pela matéria (reportagem) de Rui e quer participar da equipe do jornal que vai preparar a terceira edição.

    O que você considera mais importante, no exercício do Jornalismo: a objetividade de Wandick, que pesquisa o assunto em diversas fontes, ou o romantismo de Rui, que resolve passar a noite embaixo da ponte a fim de escrever a matéria? Justifique.

TEMPO E ESPAÇO

16. Não podemos determinar, com precisão, a duração cronológica da história narrada no livro. Percebemos que a passagem do tempo é marcada pela ação das personagens em torno de um objetivo, a publicação do *Olho Aberto*. Responda:

    A história se passa entre a preparação da primeira edição e ...
17. Todas as cenas acontecem em Brasília. Determine os espaços onde se desenrolam as ações.

NARRAÇÃO/PERSONAGENS

18. Complete:

    A narração é feita na _______ pessoa. O narrador não é _________________, pois não participa da história.
19. Os apelidos, associados aos nomes, caracterizam de alguma maneira as personagens. Explique os apelidos:

    Sônia Alves Timidez

    João Luz da Serra Eclipse

    Mauro Dines Botafogo

    Júlia Noiva Araújo
20. "Eclipse ouve Sônia pensando em mudar seu apelido de Sônia Timidez para Sônia A. Profunda. "Que falas e atitudes de Sônia justificam esse propósito?
21. Dona Jerusa, professora de Português, frente aos trabalhos e às disputas dos grupos de alunos que fazem o jornal, posiciona-se, na primeira edição, apoiando e incentivando com uma frase: "Vá em frente!"

    No segundo número do jornal, ela avalia o conflito, reconhecendo que "houve desrespeito" por parte do grupo de Roberto e aconselhando o grupo de Rui a convesar com o Diretor. Como você avalia a posição de Dona Jerusa?
22. Quem recebe a seguinte cobrança, e como reage?

"– A culpa é sua..." (p.64)

"– Foi sua invenção democratizar o *Olho Aberto*!" (p.64)

23. O que é democracia para Júlia?

Qual a opinião de Rui sobre a democracia?

LINGUAGEM

24. A linguagem, como sabemos, varia de acordo com a classe social, a idade, a profissão, a região do falante. Em *A Equipe do Olho Aberto*, as personagens adolescentes falam diferente do Diretor, que, por sua, vez, fala diferente, por exemplo, de Celesino Calado e do migrante Rubem de Jesus.

a) Há algumas expressões e gírias usadas pelas personagens que você não conhecia? Quais?

b) Observe as falas de Rubem de Jesus, o migrante:

"– Não enquanto a água tá arribada..." (p.12)

"– É... água esbagaça que é danado!..." (p.12)

"– 'Cabou a luz" (p.13)

Em sua opinião, a fala está de acordo com a personagem? Por quê?

c) "Atrás, num buraco, *aninham-se* quatro crianças. Mantas, latas, bancos *empoleiram-se* amontoados, onde o vão faz o ângulo". (p.10)

"...*acoruja* o olhar, habituando-se ao breu". (p.13)

1º Que ideia transmitem ao leitor os verbos destacados?

2º Que relação há entre os verbos destacados e a frase conclusiva do Rui:

"Gente foi feita para ter quarto, cama, cobertor e colchão!" (p.14)

SINTETIZANDO A OBRA

25. Além do conflito entre grupos rivais que lutam pela direção do jornal *Olho Aberto* as personagens vivem problemas típicos dos adolescentes, como a descoberta do amor, a dificuldade em lidar com os sentimentos (o amor, a inveja, a raiva, o preconceito), a importância do grupo para a afirmação pessoal, a dedicação excessiva a uma causa, a paixão pelo esporte, a relação com a família, a insegurança. Como as personagens vivenciam essas experiências?

Rui	Mauro	Sônia	Flávia
Roberto	Eclipse	Júlia	

26. Roberto e sua turma fizeram uma série de críticas ao primeiro número do *Olho Aberto*, mas acabaram tomando como modelo os erros que criticaram. Por exemplo: consideraram que Mauro promovia o Botafogo, e Eclipse a si mesmo como candidato ao Grêmio, mas fizeram a mesma coisa: promoveram Flávia, usaram o jornal para agredir Júlia através do "Correio Sentimental". O que você acha dessas atitudes?

INDO ALÉM DA HISTÓRIA

27. *Maniqueísmo* é uma doutrina segundo a qual Bem e Mal são opostos, existem separados um do outro, nunca se encontrando.

Rui e sua turma, por exemplo, acreditavam que representavam o Bem, enquanto a turma do Roberto era a representação do Mal.

Você já observou atitudes maniqueístas em alguma situação – campanha eleitoral, por exemplo – da qual tenha participado na sua escola ou na sua comunidade? Comente uma delas.

28. Compare os problemas urbanos denunciados no livro *A Equipe do Olho Aberto* com os problemas de sua cidade: em que coincidem? Em que diferem? Em sua opinião, eles têm solução? Quais? E como?

29. Rui se lembra de versos de Vinicius de Moraes. (p.13)

    Que semelhanças há entre esses versos e a realidade vivenciada por Rui embaixo do viaduto?

CRIANDO E PRODUZINDO TEXTOS

30. É claro que você observa aspectos interessantes ao lado de problemas em sua escola, em sua rua, em seu bairro.
    a) Faça uma pesquisa entre seus colegas levantando aspectos positivos e negativos de sua escola e redija uma matéria para o jornal da escola, ou da classe.
    b) Entreviste os moradores mais antigos de sua rua sobre as mudanças ocorridas no bairro; colete fotos e recortes de jornais e revistas e faça um jornal-mural. (Esses trabalhos podem ser feitos em grupo.)

31. Combine com seus colegas uma visita à redação de um jornal de sua cidade. Em seguida, organizem-se em grupos para confeccionar um jornal-mural ou um jornal falado; elejam também uma comissão de redação para criar o jornal da escola.

COMPREENDENDO O TEXTO NÃO VERBAL

32. Que aspectos das ilustrações do livro chamavam sua atenção? Por quê?

33. O que, em sua opinião, deveria ter sido ilustrado no livro e não foi? Faça você mesmo(a) essa ilustração. Use uma folha à parte.

CONCLUINDO

34. Escreva um comentário crítico do livro para o jornal da escola.

35. Se desejar, escreva à autora ou à ilustradora, aos cuidados da Formato, entrevistando-a(s).

Sumário

Ao Japa, e aos do Intelectus,
num colégio de Brasília...

ESTUDANTE DO 9º ANO PASSA A NOITE EMBAIXO DA PONTE

1

Zombaram, quando se ergueu vaidoso, declarando que ia dormir ao pé da ponte.

– Lá vai o Rui extrapolando!

As ideias tinham um jeito de crescer nele até as últimas consequências. Seriedade, em sua cabeça, supunha coerência. Um impulso necessário de ligar mente e ação. De modo que vai – determinado, teimoso – indiferente ao riso dos colegas, talvez um tanto desafiado com a descrença.

Desce do ônibus, na altura em que enveredava pela pista do Congresso. Caminharia rumo à ciclovia e à ponte.

– Não te acompanho – grita Eclipse, debruçando-se fora do ônibus –, pois vão pensar que sou um deles!

Eclipse era preto como as trevas.

– Ah, isso iam! – ri Mauro, no interior do coletivo. Por sua vez grita pela janela: – Ei, Rui! Esqueceu o travesseiro! O cobertor!

– Só mesmo o Rui... – murmura Sônia. Vira-se para Mauro, que retomava o lugar no banco. – Rui é legal!...

– Mas mete radical! Mete sério nisso! – completa Eclipse, encaminhando-se à dianteira do veículo.

"Sério demais...", concorda Mauro em ponto e vírgula. Agita no ar o molho de chaves em adeus a Eclipse, cuja parada é aquela. Verifica as horas no relógio. Pela janela, vê o céu pesado e cinza. Em seguida volta-se para Sônia:

– Pensa que pode mudar o mundo.

Refere-se a Rui, naturalmente.

Chaveiro em mãos, contempla embevecido o emblema do time de futebol.

– Não vê que esquento – diz, entre posudo e pensativo. – Sofrer, só sofro pelo Botafogo! – acrescenta.

O vento sopra violento.

Na virada de acesso ao Lago Norte, revoluteia sem compaixão os bambuzais. Zune por entre os quiosques da área de lazer, ameaça carrear as palmas secas. No caramanchão de trepadeiras, varre folhas, copos plásticos, poeira.

"Que ventania!", Rui pensa, impressionado em como o vento o empurra encosta adiante. O bar do parque está aberto, alcança-o.

– Me vê aí um guaraná – pede.

O vendedor entrega a lata que ele pronto destrava. Bebendo, o gás gelado pinica na garganta. Ativa-lhe a fome. Confere os trocados disponíveis, pede então:

– Esse rissole – mostra o maior da bandeja. – E duas paçocas.

Ganha, com o lanche, a sensação de saciedade e a ilusão de estar repleto para a noite.

Segue o caminho, atento, como quem escolhe por conta própria a ousadia e a transgressão.

Dormiria a noite sob a ponte – ideia antiga e secreta.

Arrisca-se sozinho, convencido de que avisar em casa era o mesmo que gorar o projeto de antemão.

Não. Não se ririam, como o fizeram Sônia, Mauro e Eclipse, os colegas da oitava série. Proibiriam, por mais que entendessem a boa intenção do seu propósito.

Age, sim, sem consulta. Embora tranquilo de que não por espírito de revolta, e sim por achar que desempenha uma missão.

Calcula seis horas avançadas, quase sete.

Precavido, evita usar relógio, ou outro objeto que o exponha a assalto.

Na relativa claridade, percebe o lago marulhando. Atingida a margem da península, atravessa a ponte.

"Uau...", o vento, de frente, parece um bloco sólido, contrariando o avanço. "Esperei tanto, pro pior dia!", exclama.

Segue, no entanto.

Decisão tomada, o tempo ruim ou o tempo bom não a alteravam. Acolhia, no íntimo, as condições desfavoráveis, como espécie de tempero à aventura. "Vou descobrir o que essa gente aguenta!..."

Hora do rush, guardas de trânsito conciliam o fluxo de carros e pedestres junto à ponte. Os carros procuram atravessá-la. Pedestres correm ao ponto do ônibus.

Rui passa pelos caminhões que, neste fim de Plano-Piloto, vendem mudas, frutas, plantas. Seus donos, antecipando o aguaceiro, movimentam-se afobados, tentando recolher os pertences. Breve partiriam para Sobradinho, Planaltina, Formosa, redondezas.

Ao contrário deles, que se aprontam para ir embora, os moradores do gramado fortalecem as tendas. Fincam estacas, escoram chapas de compensado, estendem plásticos por sobre os tetos de papelão.

Rui calcula intimamente: "Vão dormir em baita lama..." Põe-se a observar famílias que, com a tralha de caixotes, fogareiros, bacias, ocupam o espaço público, integrando-se à cidade de Brasília.

Um pingo d'água enviesado dá-lhe à nuca. Um pingo à testa, outro aos cílios, e pinga pinga pinga, pinga mais, cai a chuva.

"E agora, o que faço?" Rui pergunta-se, confuso. Imagina correr, a fim de enfiar-se numa tenda. Mas não. Conquanto frágeis, ilegais e indesejáveis, as barracas pertencem aos que, com a cara e a coragem – o desespero e a precisão – ali vivem. "Se entro numa, me expulsam", cogita.

É quando rajada de vento o balança, precipitando-o a ganhar, numa chispada, o vão da ponte.

*

"Meu Deus do Céu, o que faço aqui?"

Quem o trouxera ao viaduto?

A loucura? O OLHO ABERTO? A birra que tem do Roberto? Ou o interesse há muito tempo cultivado pelo assunto? Poderia preparar a reportagem sem vivenciar as invasões? Achou que não.

Planejara a missão, de fio a pavio, durante horas, na cabeça. Não previra o impacto da hora agá. De modo que ali está, abrigado em pé, junto à coluna, esquecido das perguntas que ensaiara, esquecido do motivo que o move – apatetado, em suma.

Minutos de chuva em queda rápida causam a enxurrada.

A laje da ponte protege o corpo, canela acima, porém os pés se encharcam, a água subindo. Breve os sente como mergulhados num pântano.

O que fazer? Retroceder? Expor-se à dureza da chuva? Em meia hora de caminhada à casa, apanharia pneumonia. Quer o quarto, um banho quente, porém nessa de desejar pijama e cama, talvez um raio o fulmine antes.

"Além do mais, seria covarde...", pensa. Naquele instante, há gente como ele, no vão da ponte. Gente de osso, carne e alma.

Passado um tempo em que se apoiava na coluna, ouve chamá-lo uma voz rouca:

– Sobe cá!

Vira-se e vê o homem magro, agachado a meia-altura da parede de retenção.

– Vem pro buraco, aqui é seco.

O sujeito leva olhos cavos, bigode espesso e fios ralos na cabeça. A mulher ao lado, magra e ossuda como ele, parece sua irmã, embora provavelmente não o seja. Atrás, num buraco, aninham-se quatro crianças. Mantas, latas, bancos empoleiram-se amontoados, onde o vão faz ângulo.

Rui estima que o espaço de contato entre a terra e a laje será, sem dúvida, o único enxuto. Apresenta, contudo, aspecto úmido, sujo e escuro. Para lá ficar, o indivíduo ou bem acocora, ou bate a cabeça nas toneladas da ponte.

Lembra-se de que antigamente o vão da ponte fora um barranco de terra. Terminava nuns três metros de calçada horizontal, até chegar nas colunas de apoio. Sempre atraíra moradores. Os migrantes vinham, residiam, sumiam, mas sempre havia moradores. Foi quando o governo resolveu murar a inclinação. Suprimindo a calçada, cimentando o plano inclinado, acreditava desestimular a habitação. O movimento diminuiu, sim. Não acabou. Como praga que não larga, vinha um, forçado a se asilar.

– É o jeito, vou... – Rui conforma-se.

Os pés molhados pedem socorro. Tenta subir na afobação, escorrega.

– Me dê a mão! – propõe o homem.

Rui aceita. Um passo acima equilibra-se e acocora. Tem lama nas narinas.

*

Desatino, largar a roça em Buritis, para vir morar em Brasília.

– Pensei que fosse vantagem – alega Rubem de Jesus. Quer dizer:

– Não essa ponte. Brasília.

Em sua terra se espalhara a notícia de que distribuíam lotes no Distrito. Conterrâneos seus haviam migrado, ocupado a ponte por um tempo, e ao fim obtido assentamento em Samambaia ou Brasilinha. Agora o governo surgia com essa história de que foi só no começo, de que só atendia pessoal antigo, com mais de cinco anos de cidade e rua...

– Por que não voltam?

– Pra Buritis? – Rubem atalha. – Talvez volte... – diz –, depois de tirar o gesso do menino.

Rui volteia. Repara os meninos. Havia um com colete de gesso.

Sacode a cabeça, tenso, entre o intuito de remover o barro da orelha e espantar o assombro. Segura o silêncio por um instante, e pergunta:

– Quando precisam... como é que fazem pro banheiro?

– Tem o das lojas – explica Rubem, ao que a mulher acrescenta:

– Tem o do parque em frente.

Sem dúvida. Está lá o parque de lazer na outra margem.

À medida que o barro resseca, virando crosta, Rui se sente autêntico bife à milanesa. Repuxa a barra da camisa para esfregar os olhos. Apalpa de repente o bolso esquerdo, recordado de que guardara bloco e lápis.

Rubem, que se regala a observá-lo, assume subitamente um ar sombrio e irrompe:

– Andou roubando, menino? Agora foge da polícia?

Rui assusta-se e defende-se:

– Fugindo de quê?! Eu nem roubei, nem tou fugindo!

Cala-se, confuso, sem saber se ali está um aliado ou um inimigo. Acha maluca a pergunta. "Ladrão..." Só se era Rubem estranhando a roupa inteira, o bom sapato, o ar tratado, diferente de um verdadeiro menino de rua.

– Mora aqui perto? – Rubem indaga.

– No Varjão – diz Rui.

Mente, temeroso de revelar que reside em ampla casa ao Lago Norte. O Varjão, primeiro nome que lhe ocorrera, é o bairro dos pedreiros e empregadas. Bairro de pobre, em verdade.

Rubem contenta-se com a resposta, ou então é o Fusca, atolando, convocando sua atenção.

– Dali não sai – opina pessimista, vendo o carro. – Não enquanto a água tá arribada...

– Parece que não – Rui concorda.

O Fusca enguiçado se convence também. Salta um homem de dentro, tranca-o, encaminha-se para eles com a calça enrolada nos joelhos.

– Oi de casa! – graceja, afetando ar brincalhão. Olha para o Fusca afundado na água, aí azeda a expressão. – Tirei o Cremoso há pouco da oficina! – Suspira triste e desnorteado. – Pior que a Luíza vai pensar que dei o bolo!

– É... água esbagaça que é danado!... – Rubem fala, comentando.

O homem devolve-lhe um olhar cortante e pouco grato. Nisso um estalo se produz, causando cegueira instantânea.

– 'Cabou a luz – Rubem informa, inalterado.

– Só o que faltava! – exclama o dono do Fusca. – Sem carro, sem luz, sem namorada! – continua – , o quê que eu fiz? O quê que eu fiz?

Cala-se, permitindo ouvir o barulho da chuva.

– Fiquem vocês! – de repente volta, anunciando: – Aqui não fico!! – diz, e some na tempestade.

*

Entre tempestade, escuridão e desconforto, Rui vai perdendo a noção do tempo.

O achatamento prolongado machuca os tornozelos. Por quanto, ainda, aguentará?

A luz elétrica, desativada, acoruja o olhar, habituando-o ao breu. Em dado momento, põe-se a entoar, sem mais nem menos:

Era uma casa muito engraçada

Não tinha teto, não tinha nada

Era a cantiga do Jardim Pinóquio... da tia Nilze... Também ouviu-a cantada ao rádio, na voz de Vinicius de Moraes.

Ninguém podia fazer xixi

Porque pinico não tinha ali

Essa era a casa do faz-de-conta, sem placa ou número de endereço. Rui emenda-a na cabeça:

Era uma casa com chão de banda

Sem luz elétrica, água encanada

Agora, sim, corresponde ao vão da ponte.

Ninguém podia nem se despir!

"Claro que não no meio da rua!...", Rui reflete. E, desapontado, lastima-se. Ao menos pudesse se livrar da roupa enlameada. Quer seu quarto. O banho, com talco após. "O quê que eu faço?", põe-se a indagar.

"É contra a lei da natureza...", conclui, à medida que o pensamento embaralha, no próprio esforço de pensar, para não dormir. Imagina-se um bicho-preguiça dormindo num galho, cabeça para baixo. Imagina-se gado no pasto, dormindo escanchado. Carrapato a sono solto, pela crina do cavalo. Aí torna a concluir: "Gente foi feita pra ter quarto, cama, cobertor e colchão!"

Tudo dói em seu corpo. Mas como queixar-se, quando crianças menores – uma com o peito engessado – dormem serenas no buraco do vão? Como? Se acocorados há mais tempo que ele, Rubem e a mulher não reclamam? Seria o cansaço emprestando forças? Seriam a paciência, o costume ou o vazio?

Quando saísse dali escreveria: *A noite em que dormi na ponte sem licença...* um título assim. Mandaria o artigo para a *Veja* ou a *Istoé*, acompanhado de retrato. Mas como? Se não trouxera a máquina? E se se danassem em casa? Se o proibissem de mexer com jornal?... Via o Roberto debochando: "Dormiu na ponte, meu? Como eu ontem, na China!"

Depois teme: "Se minhas pernas gangrenarem?" Prevê que, àquela altura, os pais estariam ligando para o Mauro, ou o Eclipse, ou a polícia, ou a Interpol. "Perder as pernas, amputadas, pruma droga de reportagem?!" O OLHO ABERTO merecia tanto sacrifício? Sente saudades de um rissole e duas paçocas dissolvidas. Aqui e ali, no meio da chuva, um farol pontoa a noite. O silêncio e o cansaço vencem, quando enfim, livre de vergonhas e exigências, entrega-se ao chão e dorme.

2 GRUPO RIVAL DESAPROVA JORNAL

Sônia e Mauro distribuem o primeiro número do OLHO ABERTO.

Chegou o momento de Mauro enfrentar o grupo de Roberto, reunido embaixo da figueira, sombreando o pátio do Colégio Alternativo.

Roberto, Flávia, Gilson, Henrique são os quatro inseparáveis.

Roberto, o líder, um rapaz de ombros largos, atarracado, visivelmente mais velho que os colegas. De resto, o único aluno da oitava série a já contar dezessete anos. Fala pouco, de normal. Mas comanda, maquina, consegue andar com ar de rei, temido e seguido por três súditos. Pequeno em altura, tem o poder de olhar de cima, amiudando os outros.

Gilson, fascinado por ele, é o executante de suas ordens mesquinhas. Entregara certa vez a Dona Eva uma notinha amorosa, acompanhada de um frasquinho de perfume. Abrira o frasco, emocionada, Dona Eva, para aspirar a horrível essência de cocô.

Henrique é magro, longilíneo, preocupado em demonstrar-se atualizado no tocante a cortes de cabelo. Com Roberto, divide o gosto por esportes velozes como o kart e aeromodelismo. Ambos apreciam compor vestuário com os acessórios da avançada moda jovem.

Flávia, essencialmente aberta e alegre, borboleteia entre uma e outra colega, mas no final se junta a eles. É dada a calores e frios repentinos que, não cuidados, podem levá-la a desmaiar. Fora do colégio, frequenta com Roberto o mesmo clube e discoteca.

Visto de longe, o grupo aparenta um jeito esperto de trajar e de sorrir da iniciativa alheia. Perto, parecem ilustrar o velho provérbio de que a união faz a força.

Lentamente, Mauro adianta-se para eles, a um tempo cauteloso e propagando a condição de jornaleiro.

– Quem quer?! Quem quer?! Saiu o número 1 do OLHO ABERTO!

Gilson, sorrindo, prontifica-se a atendê-lo com desprezo:

– O nanico quer vender o jornal dele! – comunica, virando-se de costas para Mauro, acintosamente, certo de que a turma o aplaudiria.

Gilson, mais que Henrique e, por justiça, bastante mais que a Flávia, é um "valente robertal". Na companhia de Roberto, abre o peito da insolência. A sós, murcha, como uma flor parasitária sem seu tronco.

Roberto encaminha-se para Mauro, afetando interesse pelo jornal. Cospe calmamente o graveto que vinha mordiscando. Depois diz:

– Ih, cara, não tenho nem moeda comigo!

Mostra o forro dos bolsos, desculpando-se.

Mauro encara-o com tranquilidade. Gilson, entretanto, estimulado pelo descaso do chefão, rompe atrevido:

– Ei, cara, sai fritando, vai!

Vira-se de costas para Mauro novamente.

"Enfio um soco", pensa Mauro, controlando-se, "ou não faço nada".

Evitando fazer um e outro, atira o jornal aos pés da Flávia, esclarecendo:

– Cortesia da equipe do OLHO ABERTO.

*

Flávia abaixa-se, apanha o conjunto de folhas grampeadas.

Gilson observa, fitando o maço de fotocópias.

– Chamarem isso de jornal... Põe pretensão!

Cala-se, diante de Henrique, Roberto e Flávia que se unem para lerem o jornal.

> Leiam, leiam o OLHO ABERTO
> *O jornal de quem olha...*
> *... e enxerga!*

– Ridículo! – Henrique fala, enquanto Roberto manda Flávia virar a página.

> **⊖lh⊖ aberto**
>
> Jornal mensal do *Colégio Alternativo*
>
> Direitos reservados *Departamento de Comunicação e Expressão*
> Editor-chefe, criador, fundador:
> *Rui Lopes*

– Pô, a vaidade desse cara! – diz Gilson.

Equipe de Redação:
Sônia Alves **Timidez**
João Luz da Serra **Eclipse**
Mauro Dines **Botafogo**
Júlia **Noiva** Araújo

– Ridículo! – segue Henrique.

Flávia dobra a página dois:

Enfim, em tempo, chega aos alunos do Alternativo o primeiro número do OLHO ABERTO, um jornal divertido e informativo.

Desde o início do ano letivo, Rui, Eclipse, Mauro e Júlia trabalham nele, esperando agradar vocês (e também Dona Jerusa, do setor de Português).

Leiam, leiam e, se puderem, respondam ao questionário do final. Pois queremos melhorar nosso jornal cada vez mais. Aceitamos sugestões para ampliar o próximo número.

Não percam tempo! Leiam, leiam o OLHO ABERTO! O jornal da mente alerta!

(Nota: As ideias contidas neste número são de inteira responsabilidade da equipe redatora.)

– Ridículo! – insiste Henrique.

Rodopia nos calcanhares, na intenção de se afastar do grupo, porém para no mesmo lugar. Roberto lia alto:

ENTREVISTA EXCLUSIVA COM CELESTINO CALADO
por Sônia Alves

– Quem é esse sujeito? – quer saber Flávia.

– Algum filósofo ou escritor – opina Gilson. – O Rui é metido com essas coisas.

Roberto, absorto, prossegue.

```
ʘʘ - Há quanto tempo o senhor é faxineiro no colégio?
```

– Não acredito! – Gilson explode. – Entrevistaram um faxineiro?!

Supõe que a turma corresponda em indignação. Ao contrário, mandam-no calar a boca. Querem ler.

```
CC - Levo um ano no Alternativo, vinte de profissão.
ʘʘ - O senhor gosta do que faz?
CC - É o jeito. Tenho uma perna menor que a outra, me
     recusaram na Polícia Militar.
ʘʘ - O senhor tem filhos?
CC - Cinco. Maria, Matilda, Miguel, Milena e Miriam.
ʘʘ - Qual foi o colégio mais sujo que o senhor limpou?
CC - Ich, na Ceilândia. Cansava de esfregar, não
     branqueava. Os guris vinham sujos de casa.
ʘʘ - O senhor limpa o colégio inteiro?
CC - Menos o pátio e a grama, que é o jardineiro.
ʘʘ - Que banheiro tem mais palavrão? O dos meninos ou o
     das meninas?
CC - Ich, parelho.
ʘʘ - Já entrevistaram o senhor alguma vez?
CC - A tevê me filmou, querendo saber meu candidato a
     presidente.
ʘʘ - O senhor contou?
CC - Disse que ia pensar até o fim, para resolver.
ʘʘ - Muito bem, seu Celestino, o senhor tem o OLHO
     ABERTO! E por falar, quais são seus planos de fu-
     turo?
CC - Casar minhas filhas, ver meu filho num emprego que
     usa terno e gravata, tirar a mulher de ser diaris-
     ta, pra cuidar melhor da casa.
ʘʘ - Qual o seu divertimento predileto?
CC - Assistir jogo do Botafogo.
```

– Não acredito! – grita Gilson – Isso é coisa do Mauro! Duvido que seja! Ou então comprou o Celestino!

– Fica quieto! – diz Roberto.

> OO - De que gosta mais, quando está no trabalho?
> CC - Ich, de almoço da cantina. De olhar pras crianças no recreio.

Ao final da entrevista, Gilson e Henrique se entreolham, esperando a opinião do Roberto. Parecem dois recrutas, aguardando ordens do major. Antecipando-se ao líder, que mordia o lábio, sério, Flávia, convicta, pronuncia-se:

– Tanta gente famosa dando sopa, foram escolher um Zé-Calado.

– É, concorda Gilson. – Não têm noção de jornalismo.

– Nenhuma! – acresce Henrique. – E nem a menor noção de ibope.

Roberto mantinha os olhos pregados no jornal.

– Lê o resto – pede a Flávia, deparada com a página das notícias.

> Notícias
>
> *Por Rui Lopes*
>
> *João Luz abre campanha*
>
> O aluno do nono ano, João Luz da Serra, mais conhecido como Eclipse, distribuirá bala de graça na abertura de sua campanha à direção do Grêmio do Colégio.

Fiel ao talento político do seu pai, um dos poucos deputados pretos do país, Eclipse concorre em chapa única a um cargo que ninguém quer.

"Ninguém quer", diz, "porque ninguém se interessa por nada no colégio." Caso ganhe as eleições, promete mudar esse estado de coisas. Como? Não sabe. Só sabe que vai agitar.

Olho nele, pessoal, e OLHO ABERTO!

Só dá Glorioso!

Excepcional o desempenho do Botafogo, o ano passado, quando derrotou brilhantemente times do calibre de um Atlético, ou Flamengo. Esperamos igual desempenho este ano.

Colégio caro, pais reclamam

Mais uma vez, o preço do colégio aumentou. A classe média engrossa as filas para vaga em escola pública. Breno Gisfranco, diretor do Colégio Alternativo, diz que compreende os pais, mas sustenta que os professores precisam ganhar bons salários. Diz que a questão é complicada e que, por ele, as coisas seriam diferentes no Brasil. Acha também que, quem gasta menos, vive mais folgado. A equipe do OLHO ABERTO concorda com ele e sugere:

1. Masquem o mesmo chiclete sete dias. O chiclete duro exercita os maxilares e, tendo perdido o açúcar, não dá cáries.
2. Tomem banhos frios, a fim de economizar energia. Se possível, sem sabonete.
3. Cortem as sobremesas após as refeições. Tirem uma soneca, por exemplo. Isto substitui um doce.
4. Indo comprar inutilidades, repensem e digam: "Pra que comprar essa besteira?"
5. Não fumem, não bebam, não gastem, andem a pé, comam pouco, leiam livros e verão como o dinheiro aumenta.

A invasão da ponte

Todos sabemos, os invasores da Ponte do Bragueto não são marcianos. Extraterrenos, só se porque moram num lugar que não é humano. Sem paredes, portas, janelas, cozinha, banheiro, têm apenas a ponte por teto e por chão um barranco. Ali, vestir, despir, dormir é na frente dos carros passando. Quando chove, o jeito é ficar agachado bem no alto do barranco. Ainda assim, se a chuva bate enviesada, ninguém escapa seco. Nem adulto, nem criança, e, às vezes, tem ali criança doente, com gesso. De noite é a parte mais humilhante. A pessoa, cansada, finge que o chão é um colchão, se estica e dorme. Pior que tudo, ninguém vê. Porque, de dia, quem passa de carro não se incomoda com a pobreza. De noite, no escuro, quem volta das festas nem percebe a visão feia.

Os invasores são pobres que vêm para Brasília na esperança de encontrar uma vida melhor. Como não encontram, invadem terrenos vazios, passagens subterrâneas, construções abandonadas, vãos de ponte. Antigamente, os pobres moravam nas favelas. Hoje, "ter barraco em favela é privilégio", afirma Rubem de Jesus, atual morador da ponte. Ele mora na Ponte do Bragueto com a mulher e os quatro filhos (um doentinho, com gesso). Rubem sabe que as autoridades o tirarão de lá, oferecendo passagem de volta à roça, em Buritis. "Mas se donde vim fosse bom", declara, triste, "nunca teria saído de lá."

– É... – murmurou Flávia, seguindo:

Equipe do OLHO ABERTO consegue mudar sistema de notas

O Colégio Alternativo é um colégio experimental criado há cinco anos em Brasília. É um colégio que dá importância à invenção e à liberdade na formação do aluno. Por isso, seu lema é: crie e agite (não esquecendo de cumprir algumas ordens e de estudar um mínimo). A preocupação do diretor Gisfranco é, sobretudo, não produzir alunos enlatados, isto é: especializados em marcar X nos quadradinhos de múltipla escolha. Gisfranco detesta formulice e rotulice, e, se pudesse, vacinaria todo mundo "com uma injeção dess'tamanho contra essas duas pestes". Por isso, a pedido da equipe do OLHO ABERTO, concordou em experimentar por um mês nosso novo sistema de notas. De agora em diante, em vez de números, teremos nas provas as seguintes menções: 0-3 = desista e refaça; 4-6 = aguente firme e corrija; 7-8 = tá quase lá, é o caminho; 9-10 = é isso aí, vá em frente!

– Acabaram as notícias? – pergunta Gilson, exclamando: – Ufa, até que enfim!

– Ridículo! – considera Henrique, taxativo. – Deixaram em branco o maior fato dos últimos tempos – pensa –, a vitória do Brasil na Fórmula 1.

– Além do meu título de campeão no aeromodelismo – Roberto lembra. – Aliás – complementa entediado –, o jornal tá um porre!

Nisso, Flávia, virando a folha, berra esganiçada:

– Gente! puseram classificados! Que coisa deslocada... – julga, amainando o tom. Vira a cabeça de lado e outro, como em detida análise. Depois fala: – Anúncio, pra mim, tinha que ser no fim. Esse pessoal não entende de nada!

– Menor noção de ibope – Henrique concorda. – Olhem só:

Vendo tartaruga de estimação que atende pelo nome de Lentement Arrastadina. Preço negociável, dependendo do grau de simpatia que Lentement apresentar com o comprador.

Vendo dívida de cem mil, pelo preço de cento e vinte. Interessados dirijam-se ao Banco do Confisco, seção de ações enroladoras.

Previsões de futuro no horário do recreio. Façam fila e lhes direi se vão crescer, engordar ou ter espinhas nos próximos meses. Tratar comigo.

Vendo bicicleta estragada, perfeitamente consertável, se tiverem duas rodas, pedais, guidão e selim. Preço absurdo. Fone 12-3455.

Recebemos doações para a campanha de João Luz da Serra - famoso Eclipse - à presidência do Grêmio do Colégio. O doador receberá foto 3/4 do candidato. Não aceitamos bugigangas, mixarias e nem ofertas desrespeitosas.

Instruções sobre a arte de parecer mais velho, quando necessário, e debiloide retardado, em se tratando de pagar meio ingresso. Horário de aula a combinar.

Vender ou comprar?
Anuncie no OLHO ABERTO!
Tratar com Mauro

– Logo vi que era o Mauro! – Diz Gilson, insinuando – Doações pra campanha do Eclipse... sei disso! E o quê que é isso?!

É o:

Correio sentimental
por Júlia Noiva Araújo

– Esse pessoal tem cada uma! – exclama Flávia, curiosa.

Querida Júlia,

– Vamos ler...

Estou com um problema maior do que o Empire State, a Torre Eiffel e a dívida externa brasileira. Imagine que ontem, às três e meia, descobri que estava apaixonada pelo Rui. Sim, Rui Lopes, nada mais e nada menos que o Editor-Chefe, criador e fundador do OLHO ABERTO. Até aí, tudo bem, muita gente se apaixona entre três e quatro da tarde. A dificuldade está no Rui. Ele é tão sério e cerebral, mal percebe que eu existo. Outro dia, tomei coragem, disse oi e perguntei a ele que horas eram. O cruel mostrou com o dedo o relojão da portaria! Talvez, além de crânio e gênio, compenetrado em consertar a humanidade, ele seja um pouco sem educação. De qualquer forma, gosto dele. Por isso, querida Júlia, o que eu faço? Primeiro, para que ele olhe pra mim. Segundo, para que me olhe do jeito que eu quero?

Aguardo ansiosa,

Fixa.

Querida Fixa,

Amores não correspondidos remontam aos tempos das cavernas. Parece que existem entre as aranhas (veja a viúva-negra, por exemplo), e os marimbondos. Entre nós, confesso, é muito difícil de resolver.

Vejamos o caso parte a parte. Conseguir que olhe pra você. Bem, isso é possível. Ponha uma roupa *tchan, bunicha* e *lesgal*, talvez ele venha a reparar. (Cá pra nós... você acha o Rui tão interessante?) Outra ideia é dar um grito lancinante perto dele. (Pessoalmente, acho que o colégio tem partidos melhores...) Enfim, sem querer te desanimar, pois tem o direito de lutar pelo que quer, vamos à segunda parte. Conseguir que te olhe do jeito certo. Bem... na verdade, arrume-se simplesmente. Leia livros, revistas, jornais. Rui curte papo informado. Estude. Elogie a direção do OLHO ABERTO, e verá o que acontece. Se nada disso funcionar, belisque forte o braço dele. Faça, faça isso, colega, pois o amor não é matemática, que tem regras!

Na página seguinte, deparam-se com um TESTE SUA INTELIGÊNCIA, elaborado pelo Mauro.

1. Você sabe comer sem garfo?
   - sim
   - não
   - acha a pergunta idiota
2. Você entra na drogaria e pede bacalhau, quê que acontece?
   - o vendedor diz que não tem, mas tem jaca
   - o vendedor te traz dois quilos do melhor
   - o vendedor pergunta se você é português
3. Pra saber se um rio é doce:
   - você pula dentro e prova
   - basta ver se não é salgado
   - elabora um teste químico com a fórmula H2O*&§
4. No seu entender, qual a comida típica de Brasília?
   - Jararaca au Lac Paranoá
   - Sushi ao estilo do Guará
   - Pastel da Rodoviária

Respostas: 1. Essa não conta; se fez, perdeu tempo. 2. Se colocou as três, acertou, pois no comércio tudo serve. 3. Fácil demais para explicar. 4. De acordo com as pesquisas locais, a comida típica de Brasília é o pão de queijo.

Interpretação: Acertou 4? Você é gênio, quase do nível da equipe do OLHO ABERTO. Acertou 3? QI regular. Duas? Você não é um iluminado. Nenhuma? Desenvolva seus talentos atléticos, manuais ou vocais. Talvez você seja um grande cantor!

Finalmente, a última página:

PESQUISA DE OPINIÃO SOBRE O OLHO ABERTO
Em geral, você gostou do jornal?
- sim
- não
- mais ou menos

Do que mais gostou?
- entrevista
- notícias

- classificados
- correio sentimental
- teste sua inteligência
- nada

Você achou o jornal muito pequeno?
- sim
- não
- tamanho ideal

Você gostaria de ler coisas
- mais sérias
- mais românticas
- mais inteligentes (o que será difícil)
- mais engraçadas

Você leu todo o OLHO ABERTO?
- não, porque estava sem tempo
- não, porque o jornal não presta
- não, porque antes de ler jogou fora
- não, porque só leu a metade

Gostaria de colaborar no próximo número?
- sim
- não
- dependendo das condições

Você está em que série?

Escreva um comentário útil para a equipe do jornal

(Favor entregar o questionário na despensa do colégio, agora sede do OLHO ABERTO.)

Terminada a leitura, Roberto franze o nariz e aperta os olhos, transformando-os em duas fendas intrigantes. Dirige-se para a cerca-viva da grade, onde arranca um ramalhete de cipreste. Mastiga-o com afinco de boi ruminando e, sobretudo, maquinando.

– Flávia! – chama.

Apresenta ar de quem já ordenara a mente.

– Sou eu – responde Flávia, adiantando-se.

– Preenche aí o questionário. Tem caneta?

Henrique fornece, não sem questionar a caretice da ideia. Pra que caneta? Podiam borrar o papel com uma mistura refinada de nojos e fedores, sugeriu. Roberto, porém, cuspira o cipreste e ditava a Flávia, formalmente:

Aos interessados do OLHO ABERTO declaramos:

Este é um jornal de grupinho. Tirando uma ou duas notícias, apenas serve aos interesses da equipe. Mauro promove o Botafogo, time dele. A outra diz que tá apaixonada pelo Rui. Golpe baixo do Rui, que nunca teve namorada! O Eclipse, nem se fala, aproveita e faz campanha. Assim não dá. Além de que a aparência do jornal é muito mixa. Precisava ter ilustrações, capa fera e o mais. Sugerimos patrocinador profissional pra melhorar com esse visual de amador.

Assinado: Roberto Tarti.

– Também assino! – diz Gilson, animado.
– Eu também, claro – faz Henrique.
– E eu entrego pessoalmente – propõe Flávia.

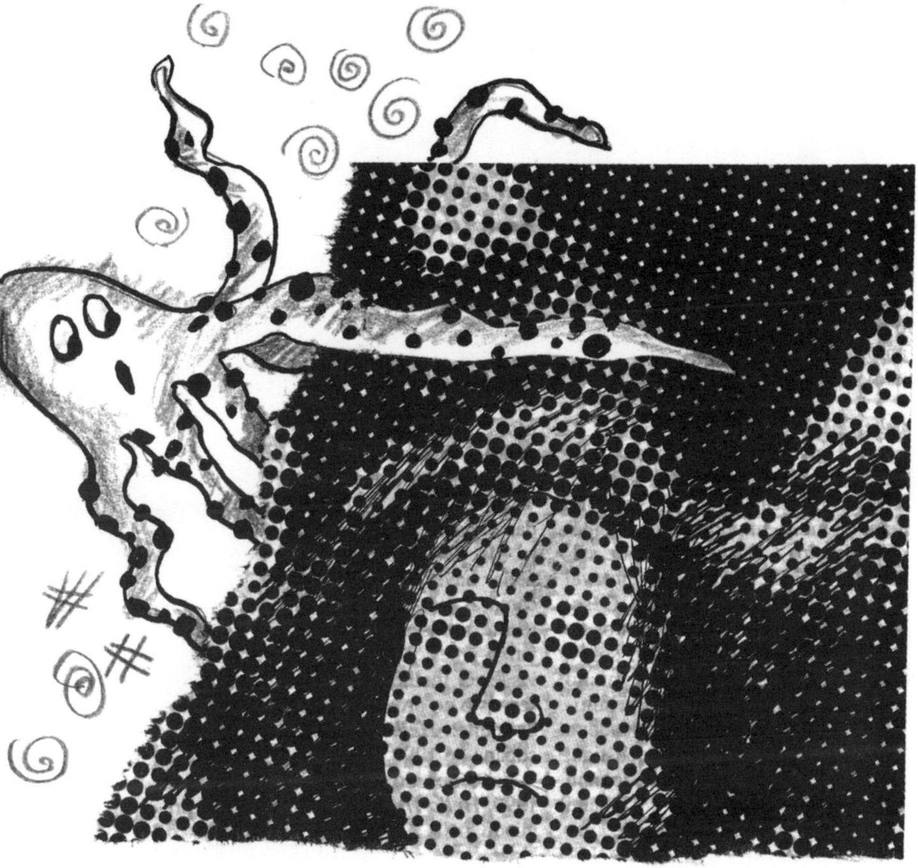

3

ALUNA SENSÍVEL DESMAIA NA AULA

A equipe conversa descontraída, na marquise do ponto de ônibus.

Celebra o sucesso do jornal, que a maioria apreciara.

Dona Jerusa lera o periódico com atenção, colocando um "sigam em frente" para os cinco.

Mauro, cujas notas vinham sendo: "Desista e refaça, meu filho", alegra-se com o prêmio.

Comenta-se que a coluna menos lida fora a notícia da invasão.

– Porque é a realidade e porque é séria – Rui estima, completando: – Gostam de bobagem e fofoca, prova que a coluna preferida foi a do "Correio Sentimental".

– Porque foi bem escrita – emenda Júlia.

– Não – Rui discorda. – Porque tem suposta apaixonada por mim...

– Suposta? Por que suposta? – Júlia ri.

Troca com Sônia um olhar sabido.

Nisso, dirigindo um Escort inconfundível, Roberto Tarti freia no acostamento, perguntando a Sônia:

– Quer carona?

A menina, embaraçada, hesita. O convite evidencia que Roberto a visa em especial, excluindo o resto do grupo. Aceitar a oferta, nesse caso, será grosseria com os amigos.

– Bora, Sônia! – Roberto insiste, personalizando-a. – Tou indo perto da tua casa!

Isso, de fato, era incomum. Roberto mora no Lago Sul, setor oposto da cidade.

Encabulada, Sônia vira-se para o grupo:

– Vocês querem...?

Procura atenuar o privilégio do convite. Além disso, receia que Roberto desinterprete a recusa. Sente-se em apuros, sempre que forçada a decidir no minuto, sobretudo em se tratando de desagradar.

Percebendo o impasse, Rui ajuda:

– Não pode! Tem reunião de equipe conosco!

Endereça a Roberto um aceno cordial.

Mauro, convencido de que o Roberto usa o carro como arma de conquista, atreve-se:

– Tira a charanga, meu! Ela não vai!

Ir? Não ir? Reunião de equipe? Sônia atordoa-se com as palavras que lhe punham na boca. Permanece paralisada até que o ônibus, chegando, leva o carro do Roberto para fora do ponto. No enredamento em que está, por pouco não perde carona e ônibus, não fosse Júlia, de um puxão, arrastá-la à escada do transporte.

– Poxa, fica parada que nem múmia! parece que não tem vontade própria!

– Sou muito lerda... – admite Sônia, subindo na condução. – Fiquei sem graça por vocês... – desculpa-se. – E também não queria ser grosseira com ele... Tento tudo pra agradar... – suspira.

– Nessa de agradar, mandam pular do quinto andar, você pula! – Rui pondera.

– Não exagera! – corta Sônia, desequilibrando com a virada do ônibus, agarrando-se à barra de metal – É que sou lenta, pronto!

Noutro solavanco, recai de costas sobre Mauro.

– Então, meu amor, vamos pro cinema? – este propõe.

– Nem morta! – ela responde, empertigando-se.

– Em outras palavras – diz Rui, irônico – , só é devagar com pilantras!

Danada, Sônia retira a mão da barra, quase cai, mas Júlia a ampara.

Eclipse resolve meter o bedelho:

– Honestidade rápida, só pra amigo...

– Claro – retruca Sônia – , me sinto à vontade com vocês.

No banco adiante dois passageiros desciam. Ela esgueira-se sinuosa e ocupa o assento do meio. Como era a última a descer, abre no colo o livro de Geografia. Folheia-o, relanceando uma e outra página, mais para mostrar ocupação do que interesse verdadeiro. Intui que os meninos, em pé, predispunham-se a importuná-la. Ao cabo de instantes, dito e feito, Mauro provoca:

– Cumé, não fala mais com a gente?

Sônia prefere fingir que não ouve. Crava os olhos no livro, numa foto da caatinga.

– Não fala mais – Rui conclui.

Sônia continua de ouvidos moucos e, para mostrar seu envolvimento com o livro, aplica um dedo curioso sobre os índices pluviométricos do Nordeste.

– Não fala mesmo – diz Eclipse. Em seguida, assumindo um tom distanciado, pergunta-se: – Amanhã, que dia é? Vinte e três? – Bate na testa – Ih, caramba, é amanhã! – Nota que, ao parar de falar, o dedo de Sônia também parava no livro. Volve efusivo, para Mauro e Rui: – Amanhã, caramba, chega o meu

Mercedes da Alemanha. Será que, nele, a Sônia aceita ir?!

Consegue que Sônia feche os olhos e o livro.

*

Na reunião, Rui levanta o assunto do dia.

Dentre os questionários respondidos, destaca-se o do Roberto e aliados, censurando o OLHO ABERTO como um jornal de grupo.

– De grupo é! – observa Júlia. – Uma equipe teve a ideia e carregou o plano adiante.

– Não gostaram do assunto da campanha... – diz Eclipse.

Sente-se atingido e responsável pela crítica do Roberto, de que usara o jornal para se promover.

Rui intervém em sua defesa:

– Noticiei a abertura da campanha porque era um fato importante do momento, ora essa! Tenho culpa se só existe um candidato? – Espera que os colegas digam não com a cabeça. – Havendo outro concorrente, falo dele também. O jornal registra o que acontece...

Sônia, por sua vez, mostra-se arrependida:

– Não devia ter dito que a mudança no sistema de notas era uma conquista do OLHO ABERTO... Vai ver que acharam convencimento.

Nisso Júlia dá um soco no tampo da mesa, sobressaltando-os.

– Tão aonde com as cabeças, por favor?! A gente avisou que ia fazer um jornal, e fez! Só isso vale o começo. A gente se reuniu, bolou a coisa, não deixou ficar na intenção. Que mais cês querem? – Para um instante para tomar fôlego. – Pra mim,

Dona Jerusa acertou, quando disse "sigam em frente". Claro... viu que, modéstia à parte, a gente animou e abriu o olho de muito tolo no colégio! – Tornou a pausar, demorando o olhar sobre a aliança ao dedo. – Sei não... – prossegue, em tom suavemente reflexivo – Talvez por ser noiva de um cara mais velho, sou mais madura, mais segura... Não me abalo tanto com coisinhas... Afinal de contas, de que serve o questionário, senão pra criticar? – Vagueia os olhos de um a um. – A gente queria opiniões para melhorar, não queria? Então! Se acham que é jornal de grupinho, a gente resolve, abrindo pra mais colaboradores.

– Incluindo o Gilson e o Henrique? – inquire Sônia.

– E por que não? – rebate Júlia.

– Eu já te digo! – Mauro entra. – Porque esses caras, além de torcerem pro time errado, não prestam.

Rui levanta-se, para opinar com gravidade:

– O jornal precisa de um controle, de uma linha...

– Lógico! Vinculação com um time! – Mauro apoia.

– Um candidato! Um partido! Mesmo que seja o único – palpita Eclipse.

– Calma! – grita Júlia, colocando as mãos nos ouvidos – Vocês parecem uns debilóides!

A injúria inesperada implanta um silêncio pontoado de surpresa.

Júlia possui o dom de brigar – e até de xingar – surtindo efeito e sem ofender. Decerto, a aliança que ostenta à mão direita empresta-lhe autoridade. Ter sido pedida em casamento por um rapaz de dezoito anos confere-lhe imagem respeitável e senhoril. Um pouco, como se seus quinze anos fossem mais valiosos e vividos do que os do resto da turma.

– Vocês parecem uns debiloides! – repisa. Depois, verificando que domara os bichos, retoma: – Escutem aqui, de-bi-loi-des, a equipe dirige o jornal, toma as decisões, escolhe o que publica. Agora, pro jornal crescer na opinião pública, tem que acolher participações. Tem muito aluno criativo por aí. Tem, que ficou doido para escrever depois que leu o primeiro número.

– E se escreverem porcaria? Coisas que a gente não defende?

– Recusamos, bolas. Selecionamos.

– Ah, bom... – respira Mauro, aliviado.

*

Acontecia de novo.

No momento crucial de encarar o feto, Flávia Amaral desabou no chão, durante a aula de Biologia.

O episódio tornara-se corriqueiro.

Desmaiara frente a um sapo, no começo do ano. Depois frente a uma cobra que o professor Temístocles exibia num vidro. O colapso de abril ocorreu em frente a um cérebro de mico. Agora era a quarta vez que desmaiava.

Bastava entrar no laboratório, empalidecia. As pupilas voltejavam nas órbitas, o queixo pendia. Instalava-se na primeira carteira à vista, como quem despenca num arrimo. No desmaio da vez do mico suspenderam a aula, com o professor indo chamar uma ambulância.

Agora acontecia, de novo.

– Flávia Amaral! – o professor sussurra, debruçado, vendo o desmaio prolongar-se.

Aguarda um instante, cauteloso, exercendo forçado autocontrole. Prudentemente, acrescenta:

– Você está sugestionada, minha filha...

Como Flávia não se mexesse:

– Verifica se morreu – sugere Júlia.

Algo em sua maneira de falar compartilha a má vontade do professor.

Eclipse toma a iniciativa de auxiliar:

– Faço respiração boca a boca?

O professor Temístocles dobra o joelho até o chão. Não disfarça a profunda irritação.

– Flávia... minha filha... – prontifica-se a testar o pulso, quando alguém diz:

– Boca a boca com um preto, aí é que morre!...

Eclipse, num pulo, procura apurar a origem do comentário. Tem certeza de que provinha do Gilson, mas, estabanado, estapeia Henrique. Ou porque está perto, ou porque, repensando, talvez tenha sido ele o autor do comentário.

– Epa! – profere o professor Temístocles. Levanta o joelho dobrado, largando Flávia no ladrilho. – Alto lá, selvagens! – Tenta apartar os dois meninos.

Eclipse berra desvairado:

– Não, senhor! Ele me ofendeu!

Luta agora contra Mauro e contra Rui, que, comedidos, se empenham em segurá-lo. Gilson, entretanto, intercedendo pelo Henrique, gesticula, ameaçando.

O professor, intercalando-se, separa com o corpo os dois brigões. Não consegue deter Eclipse, que ainda grita, embaralhado:

– O senhor se ponha em meu lugar! Isso é ou não é democracia! Sou preto, mas pelo menos não sou filho de ladrão!

Ouvindo esse termo, Roberto Tarti desaba sobre ele como um bólido. Mauro avança, indignado. Alguém destampa o vidro do feto e o atira ao léu.

– Seu baba-egg! – xinga um.

– Vamo detoná! – diz outro.

– Meus óculos! – brada, aflito, o professor. – Estão expulsos! Eu me demito! – esbraveja.

O feto voante aterrissa no nariz de Flávia e lá fica até o uivo:

– Grruwwww! Se não tirarem eu me suicido!

Júlia abaixa-se e remove no mesmo instante o embrião.

– Não empurra! – reclama, caindo sentada.

Enquanto isso, Flávia torna a desmaiar, porém de bruços.

– Me quebra, vai, se é que é! – diz Gilson.

– Eu sou que sou!! – Mauro responde e, como prova, dá-lhe um soco.

Celestino Calado aparece no limiar da porta.

– Tá tendo briga?

Sônia esbarra nele, saindo da sala, a fim de chamar o diretor.

Outro arremesso de origem anônima coloca sobre Flávia os tentáculos de uma lula.

– Não aguento mais! – Flávia enxota, num gesto histérico, o visco estranho. Senta-se convulsionada e lamentando-se. – Não nasci pra molusco! Lagartixa! Rato! Sapo! Camelo! Vaca! Esses trecos biológicos! Hiãã-buããã! – Fende-se em choro. – Por que eu tenho que estudar isso? – soluça. – Não quero ir pra universidade! Quero ser modelo de revista! Ou então doceira! Ou então atriz! Hiãã-buããã!

– A menina tá sentida... – nota Celestino.

– Te mostro, caroço, como é que se respeita minoria em colégio de rico! – vocifera Eclipse.

O professor Temístocles, engatinhando, entregara-se a catar a armação dos óculos, pois das lentes desistira. Rui, num canto, segura o cotovelo contundido. Júlia pensa em chamar a polícia, quando o diretor chega. Vem acompanhado de Sônia e do Golias, professor de forma física.

– Quero ser doceira, fazer docinho, abrir uma loja: *O Doce Açúcar*! – chora Flávia, arquejante.

– Pode ser o açúcar do docinho! – ergue-a Gisfranco, num repuxo. – Contanto que não perturbe mais aulas.

O corpulento Golias em pouco tempo intimida os contendores. A sala de aula, devastada, parece sair de um terremoto. O diretor Gisfranco dirige-se, preocupado, ao professor que engatinha:

– O senhor perdeu alguma coisa? Machucou-se?

Escandalizado com o quebra-quebra, Gisfranco decreta, visando Flávia:

– Está suspensa!

– O problema não é só ela... – arrisca o professor, achando os óculos, deixando-se reerguer pelo Golias.

– O problema é o preconceito racial no Alternativo! – brame Eclipse.

– Sou eu a culpada – Flávia acusa-se. Resmungativa, acrescenta: – Sou delicada, desmaiei! Nunca pensei que um pobre desmaio causasse tanta confusão.

Após limpeza rigorosa do laboratório, pedidos escritos de

desculpas ao professor, suspensão de três dias para os envolvidos, tolera-se que Flávia assista às lições de Biologia de olhos vendados.

*

A equipe marcara encontro às sete e meia em casa de Júlia.

Apesar do endereço central de Rui, Júlia insistia em sediar as reuniões em seu terraço lajotado. Preza ser o elo dos colegas, assim como os pais prezam oferecer a moradia para reuniões comunitárias, e assim também o irmão mais velho, para os ensaios de coral.

Nessa noite, Túlio, o noivo, está lá.

Rapaz forte, troncudo, chama a atenção pelo cabelo raspado, contrastando com as espessas sobrancelhas. Dos dentes alvos, aos olhos castanhos, seu sorriso fácil ilumina o rosto inteiro. Tinha o dom de desarmar as pessoas, demonstrando que as apreciava, ao mesmo tempo que derruba os seus mitos. Assim, mal avista Rui, logo cobra: "Afinal, sai ou não sai a reforma agrária?" Esbarra em Mauro por acaso, indaga: "Cumé, resolveu escolher um time decente?" Costuma dispensar a Eclipse o tratamento de Senador.

Ora vai que na ocasião está ali, sisudo e grave, destoando do costume. A reunião se realiza a seu lado, sem tirar-lhe algum gracejo. Isola-se num canto do terraço, na tarefa de arrumar caixa de ferramentas. Agrupando parafusos concentradamente, parece querer evitar Júlia a todo custo. Vale dizer que esta, a seu turno, serve pipoca aos amigos e não a ele.

Detectando o mal-estar reinante entre os dois, Sônia procura acelerar os trabalhos, alegando dor de cabeça.

– Não acha, Júlia, que podíamos acabar cedo?...

– Por mim, tudo bem – esta assente.

Rui tosse, limpando a mão do sal e óleo da pipoca. Também notara o clima desfavorável para grandes pronunciamentos. Pigarreia, antes de falar:

– Aviso um: no próximo número continuo com as notícias, e vou falar das invasões. – Examina a expressão dos colegas. – Nesse minuto – justifica-se – tem gente morando embaixo da ponte... azar de quem acha a matéria chata... acho importante, e vou escrever. – Aguarda, calado, a repercussão do aviso.

Eclipse vira-se em nome do grupo:

– Aprovado! – esboça um gesto de decisão unânime.

– Certo – diz Rui, como quem esperava que o resultado fosse esse. Vira-se em seguida para Mauro, determinando: – Você mantém a seção dos esportes e a dos anúncios. Se possível... tenta variar do futebol.

Mauro faz um ar cordato, embora pouco convencido. Repara no Túlio que, reagrupando parafusos, continuava de cara fechada.

Rui dirige o olhar a Júlia, cujo ar de tensão aumentava. Fala-lhe, então, satisfeito:

– Sim... O "Correio Sentimental" foi o sucesso do jornal!

Mauro e Eclipse aplaudem.

Rui sugere:

– Por que não aumenta a coluna?... De preferência, ninguém apaixonado por mim...

Júlia, normalmente falante e opinativa, acata silenciosa a

sugestão. Torna a circular a tigela de pipoca, mal percebendo que está vazia.

– Querem água? – pergunta, para compensar, quando um estalido seco produz-se nas mãos do Túlio. Automaticamente, olha para ele, assim como os demais o fizeram.

Túlio, expressão desolada, segura as pontas da trena metálica que quebrara.

– Eu compro outra... – diz, envergonhado.

Júlia limita-se a esclarecer, com descaso:

– É de meu irmão.

A frieza entre ambos, quanto mais vem à tona, mais gera um ambiente embaraçoso.

– Eclipse! – diz Rui, procurando contornar a situação. – Desencava um poema de Castro Alves, um trem assim. Não deixa passar em branco aquela questão do preconceito... – Corre um olhar preocupado e pergunta: – O que acham?...

– "Deus! Ó, Deus! onde estás que não respondes?" – recita Eclipse, declarando: – Topo! "Há dois mil anos... eu soluço um grito..."

Rui refreia, dizendo:

– Ótimo. Ponto acertado.

Vira-se em seguida para Sônia:

– Você podia entrevistar uma mulher, dessa vez...

– Quem, por exemplo? – Sônia indaga.

– Conheço a Saionara – diz Mauro – , uma polícia feminina arretada, que já prendeu sequestrador.

– Posso escolher? – pergunta Sônia, desentusiasmada com a proposta.

– Claro – diz Rui, querendo deixá-la à vontade.

Incomoda a Sônia, de mais a mais, perceber que Júlia está ansiosa. Aplica um olhar afiado em Rui, na esperança de tocá-lo quanto à urgência de partirem. Rui levanta-se com a dica, mesmo porque até um paquiderme sentiria o ar pesado entre Túlio e Júlia. Coça a nuca uns segundos, em seguida coloca os polegares no cós da calça. Tudo indica que vai encerrar a reunião quando, levantando a mão com um estalo, lembra:

– Esqueci uma coisa!

Os olhares se acendem com atenção.

– Roberto e Flávia confirmaram que vão colaborar no próximo número.

Um murmúrio contrariado alastra-se entre os presentes.

Mauro, num gesto melodramático, atira a cabeça para trás, estapeando o próprio rosto. Eclipse põe-se a esgarçar as feições, numa série de caretas contorcidas. Acalmado, pondera:

– Deixa. Mandam porcaria. A gente recusa.

– A gente recusa, sai encrenca – Rui lembra. – Esse é o problema. A Flávia é burra, não quero burrice no jornal. O Roberto não presta, quero menos ainda.

– Rui, você é muito radical! – sustenta Júlia. Seus olhos brilham, aguados. – Dá uma chance, vai...

Mauro, por sua vez serenado, fala:

– Do jeito que são, tão fazendo onda. Talvez nem mandem matéria.

– Verdade – concorda Sônia. – Não vamos nos desesperar antes da hora.

– Podemos ir?... – Júlia interrompe, atrapalhada.

Há uma pausa geral. Como? Se Júlia está em casa dela? O pedido era um grito ostensivo para acabarem a reunião.

– Podemos – diz Rui, espontâneo.

Estende a mão em ajuda a Sônia, levantando-a. Aproveita e avisa rapidamente que o segundo número do OLHO ABERTO será impresso numa gráfica.

– No duro?! – vira-se Mauro, encantado. – Vamos nessa! – arremata, olhos arregalados, e despede-se de Júlia com dois beijos.

Sônia e Eclipse compartilham a novidade, contentes. Despedem-se de Júlia e Túlio, excitados com a imagem de um jornal profissionalmente impresso. Instantes depois, já na calçada, pedem a Rui que se estenda sobre o esquema. Este explica:

– Cada um de nós apronta os artigos como antes. Reúne tudo, entrega ao Gisfranco. Ele manda imprimir de graça na Gráfica Oeste, que patrocina o OLHO ABERTO.

– De graça?! – insiste Mauro, incrédulo.

– Foi o que o Gisfranco informou – declara Rui, acrescentando: – Nada mal, hein? o que acham?

– Acho que a Júlia não estava bem... – comenta Sônia, cedendo ao assunto que a intrigava.

Mauro no instante concorda.

– Hum. Tava com cara de caroço.

– E sem aliança! – volve Sônia. – Isso significa que acabaram o noivado.

Rui contempla-a abismado:

– A Sônia repara em cada coisa...

– Daí? – atalha Eclipse, antes calado. – Tirou a aliança pra lavar roupa – supõe – , ou desentupir a pia, privada...

Tais conjeturas não convencem. Passos adiante Rui admite:

– O Túlio estava esquisito. Normalmente – lembra –, ou teria dito besteira, ou convidado pra jogar pingue-pongue.

– Tá, tava esquisito – Mauro concorda.

– Ora bolas, mistério! – Eclipse vira-se. Caminha não menos cismado que os outros, porém decidido a terminar com a cisma. Por isso, opina: – O Túlio, se querem saber, resolveu detonar a Júlia e pronto! Quer dizer... – repensa – estava em plena detonação quando chegamos, embananamos a discussão, ficaram com cara de abacate.

Os companheiros entreolham-se acolhendo o palpite. Somente Rui encasqueta num ponto:

– Por que não a Júlia detonou o noivo?...

– Júlia?! – Sônia acode, sobressaltada. Sorri dessa interpretação tão descabida, quanto absurda. – Júlia era a própria apaixonada!

4

PIANISTA FAMOSA NEGA CONVERSA

– Já vai, filhinho, ch!...

Sônia acalma o arroubo do cão.

Quanto mais conhece o Ostrogodo, mais se convence de que os cachorros têm alma. Quem, mais do que ele, pula, saliva, abana o rabo, late frenético quando a vê? Se alguém neste mundo a aprecia, será o pastor-alemão.

– Eu nunca vou te abandonar – declara, enquanto as patas do animal lhe batem sôfregas à cintura.

Dirige-se à bica do jardim, onde renova a tigela de água.

– Pronto, bebe! – comanda.

Entra em casa, pela área da cozinha.

"Quem escolher?...", pergunta-se, matutando na *mulher* sobre quem faria a entrevista. "Coitada da Júlia...", reflete, pois também se preocupa com a amiga.

Aparece na sacada do quarto onde dispõe as plantas. Tende a acreditar na alma destas, igualmente, por isso as visita e acaricia com frequência.

– Minha prima! – inspira-se de súbito, havia tempo que afagava as violetas.

Sua prima Célia, em Goiânia, aos quatorze anos, era concertista de piano. Dedicara-se ao instrumento em tenra idade, cedo apontada pela crítica como a "Mozart do Planalto Central". Passara a infância praticando oito horas por dia, não raro incluindo os fins de semana. Apresentava-se rotineiramente em São Paulo, Rio, Porto Alegre. Ultimamente, preparava-se para prestar concurso para bolsa de estudo em Varsóvia.

– Taí, excelente entrevista pro OLHO ABERTO!

Sopra um beijo às flores, corre animada para o telefone.

Discava o prefixo DDD, quando hesita. Uma entrevista interurbana elevará a conta a proporções astronômicas. Não pode esbanjar conversa fiada. De modo que retorna ao quarto, onde apanha o caderno para rascunhar um roteiro. Indagará: Como é a vida de uma adolescente famosa? (Célia não era mais famosa porque tocava música clássica.) Brinca de boneca na infância? Cultiva amigas? Namorado? Como consegue enfrentar um auditório atulhado de gente, sem desmoronar de vergonha? Ganha dinheiro com os concertos? Como gasta? Os pais pedem comissão? Inveja a vida das meninas comuns? Enfim, que conselho daria a quem quisesse ser pianista?

Atendendo ao telefone em Goiânia, a empregada informa: Célia ensaia um concerto para piano e orquestra de Chopin, após o que precisará rever uma partitura de Ernesto Nazaré, não costumando ser interrompida.

– Eu sei – diz Sônia, mostrando-se compreensiva. – Eu mesma detesto interromper. Mas é urgente! – ressalva. – Diz pra ela que é uma entrevista pro OLHO ABERTO, rapidinha.

"Afinal de contas", pensa, "se um cano estoura, inundando a casa... se tiver uma dor de barriga... bem que terá de parar a música."

Passando um tempo demorado, a empregada volta ao fone:

– Sei não, filha... Tá ultraembalada.

– Ah, vai... – resmunga Sônia, decepcionada. – Diz que é a Sônia, de Brasília! Se ficar com raiva, eu levo a culpa.

A sós no fone, cogita: "Poxa, já gastei uns cinco minutos".

A empregada volta, anunciando:

– Pediu pra senhora ligar de noite.

– Tudo bem... – faz Sônia, desistindo.

A prima, um ano mais moça, lhe dava um não redondo. Ninguém escapa ao veneno do sucesso, mesmo que toque música clássica.

No quarto, arremessa o caderno de um lado e joga-se à cama. Perdera o gosto da entrevista.

– Põe garotinha decidida... – murmura.

Enfiando o rosto no travesseiro, revê-se aparvalhada, no ponto do ônibus, ante uma oferta de carona. Ela lá, paralisada, sem responder nem sim, nem não, ao Roberto. Rui se irritava, com razão. Imagina o reverso da medalha: Célia lhe telefonava de Goiânia. "Poxa, estivesse assistindo ao melhor filme, estivesse me ensaboando no chuveiro, sairia correndo pra atender!"

– A diferença – resmunga – é que não toco Rachmaninov.

Pensa seriamente em entrevistar a tal polícia feminina.

Nisso, lembra-se de Túlio e Júlia. A cara de Júlia, de abacate machucado, na reunião. Pensa ligar para a colega, receando, no entanto, que Júlia a ache intrometida. Gosta de Júlia, precisa pensar melhor, para evitar dar mancada.

– Ai, Deus! – fala alto. – Sou muito indecisa. Tenho um medo idiota de desagradar. Preciso aprender a dizer não.

Põe-se a esmurrar o travesseiro.

Ostrogodo desata a latir veementemente. Pouco depois, Sônia ouve a campainha. Levanta-se contrariada, a fim de verificar quem é.

Pelo olho-mágico da porta, divisa um desconhecido de

rosto limpo e decente, óculos, camisa de colarinho, paletó. Não tem aspecto de pedinte. Não parece jardineiro, dedetizador ou amolador de faca. Talvez se trate de um advogado. Gira a maçaneta, curiosa.

– Boa tarde, jovem! – o indivíduo cumprimenta. – Não, não precisa dizer, sei que é boa aluna! – Abre a tampa da maleta, segura ao braço em posição horizontal. Folhetos e estojos de vídeo. – Nono ano? – continua e, antes que Sônia responda – Acertei! – diz, triunfante, sem dar espaço à concordância ou não. – Parabéns! – felicita-a. – Foi selecionada para receber esta chave de sucesso que aqui tenho! – Alça a mala uns centímetros. – No Segundo Grau, na Universidade e por que não?, numa brilhante carreira biológica, sociológica, tecnológica, pedagógica, filológica, oftalmológica, zoológica, mineralógica, farmaco...

"Preciso aprender a dizer não", Sônia repete-se, ouvindo-o.

– ...lógica, psicológica, imunológica, mercadológica, etcétera, etcétera, etcétera.

Em Sônia, a pena de si e o dó do homem disputavam privilégios.

O homem fala como uma máquina.

– Este método audiovisual fascinante mostrará tudo o que quer saber, das borboletas tropicais às literaturas nacionais, do Polo Sul e Polo Norte, em cores vivas, deslumbrantes.

De repente, a pena de si vence a guerra, em irrefletida violência:

– NÃO QUERO!! — berra, batendo a porta na mala do homem.

Nervosa, tranca-se, como quem escapa de um assaltante. Ouve, fora, o vendedor protestando:

– Aprenda ter educação, menina! Aliás... o que esse método não ensina... – sai resmungando.

"Coitado, tentava apenas ganhar o pão!" – Sônia apieda-se. Recosta-se na porta, dividida entre remorso e mau humor.

Devia haver. Devia haver um jeito certo de negar, sem ofender.

*

Lambada ou samba em casa do Eclipse, podia chover ou trovejar, Mauro não faltava.

Naquela noite, uma sexta-feira banhada de luar, consegue arrastar o Rui consigo.

– Lambada, cara! Quem não dança é caroço a vida inteira!

Transpõem o portão da residência.

– Talvez algum dia dance lento...

Pior do que Sônia a decidir-se era Rui soltar-se para um ritmo. Estivesse em pleno miolo de uma escola de samba, ficava duro como um guarda da Rainha Elizabeth.

– O negócio é reggae, lambada, expressão corporal! – opunha Mauro, girando o pescoço sobre os ombros, para ilustrar a tese. Vestia a camisa do Botafogo, descombinando com a bermuda de bolinhas. – *Black is beautiful*! – cumprimenta Eclipse, simulando-lhe um soco na barriga.

Este, grave, retribui com um aviso:

– Acho bom trocar a camisa.

Mauro, chocado, examina-se, justificando:

– É a melhor camisa que tenho. A autêntica. Autografada pelos jogadores. – Vira as costas, revoluteia. – Guardo justamente pras festas, porque nunca lavo, porque não sei se, lavando, a tinta sai.

Rui nota que vaiavam Mauro do terraço. Com um esbarrão de cotovelo, alerta:

– Tá no meio da torcida errada... o pessoal é de outro time.

Desabituado com brincadeiras, além de que novato nas festas, ignora que as vaias repetem-se a cada vez que Mauro surge, vestindo a camisa do clube.

– Quê?! – posiciona-se agora, entre briguento e taxativo. – Minha bandeira, meu! Com muito orgulho! – infla o peito, aumentando, assim, o escudo do time.

– Tila a camisa! – diz, mandona, a Lucilene, irmãzinha de João Luz.

Mauro crava-lhe um olhar feroz, mas ouve:

– Caloço!

Lucilene, metida, dá-lhe a língua.

Resolvido a divertir-se, Eclipse rende-se ao torcedor. Faz um gesto de que lavava as mãos de consequências, rumando ao sabor e direção da música.

– Caloço! – repete Lucilene, enfrentando as caretas do botafoguense.

Há de um tudo na festa do Eclipse.

Vizinho, sobrinho, tio, primo, assessor disso e daquilo, diretor e secretário, vereador e deputado, amigo de irmão, amigo de irmã, amigos de amigos desconhecidos, penetras declarados. Reina, contudo, ambiente animado e pacífico, numa espécie de cada um por si, Deus por todos, todos lá para dançar.

Rui em breve se descontrai.

Se é verdade que não dança, aprecia a vibração com um

quase sorriso nos lábios. Viera encorajado pelo Mauro, no fundo, com a esperança de conversar com o pai do Eclipse, a respeito das invasões. Arde por trocar ideias com ele sobre problemas de pobreza, migrações, moradia. Acontece que, na noite, o pai de Eclipse encontrava-se em Manaus. A conversa ficará para outro dia.

Meia hora passara em que assistia à festa quieto num canto. Súbito vê a Lucilene, saia rodada de babados, puxando-lhe a calça com o recado:

– Ela disse p'cê olá pá lá!

Naturalmente ele inclinou-se atencioso, mas não deu trela a suas palavras.

– Pá lá – insiste Lucilene, com um vigoroso puxão.

Ele agradou-a com um tapinha na cabeça. Em seguida, para não incentivá-la, dá-lhe as costas, pondo-se a examinar um artefato de cordame na parede. Sente que, atrás, Lucilene gruda nele. De modo que permanece olhando a obra com o interesse de quem busca as marcas do artesão.

Lucilene cutuca-o num anel inferior da espinha. É demais. Constrangido, tem ganas de enviá-la ao poço do fedor eterno. Uma criança de cinco anos. Vira-se para a dita, tencionando afugentá-la com um olhar assustador. Qual não é a surpresa ao deparar-se cara a cara com a menina de quem Lucilene transmitia o recado.

– Oi! – diz a menina, sorrindo, com Lucilene a apresentar:

– É a Katiuce! – mal sibilava o c do nome. – Vô embola pá num atapalá! – dito isto, parte num saltitar de marmota, adequado à lambada que agita os pares.

Katiuce, sorrindo, contrasta os dentes brancos com o batom

rosa-lilás. A pele tostada evoca o tom de um caramelo. O rosto bonito, fino e comprido, salienta-se com o penteado em trança. Balança nas orelhas duas argolas de circunferência respeitável. Nas pernas finas, bermuda; no torso esguio, frente única.

Sem noção do que esperam dele, Rui arqueia as sobrancelhas. No íntimo, reflete que os brincos da Katiuce serviriam de pulseiras para Lucilene. Vira o rosto encabulado para o lado oposto ao da menina. Esforça-se para não deixar transparecer disposição a papo. Nessa manobra, topa em Mauro, que dançava, olhando os dois cheio de insinuações. Katiuce aproveita para indagar:

– É amigo do Mauro?

– Sou – diz Rui.

– Ele dança de arrasar, não acha?

Rui encolhe-se como um caramujo na concha. Rilhando os dentes, trata de enfiar as mãos nos bolsos.

– Pensava que o Mauro era um caroço – revela Katiuce – , depois mudei de opinião. É fera, dançando! – Pausa um instante, apreciando, comenta: – Dançar é a melhor coisa! – Olha para Rui, cuja expressão lembra a de um camelo abatido. De modo que gradua a reflexão: – Existem outras coisas boas também... – Vendo que Rui mantém o ar de dromedário, indaga: – Você é tímido?

Como Rui, agora, virasse estátua de animal:

– É surdo-mudo, além do mais?!

– Não – diz Rui, manifestando-se, finalmente.

Considera que, se Katiuce forçasse menos a barra, não se sentiria tão atado e embaraçado, como o cordame na parede.

Cogita pedir licença e partir. Viera à festa com o Mauro, sem o compromisso de voltarem juntos. Pois decide-se: iria embora, a fim de que o caldo não entornasse. Mas a menina pergunta:

– Estuda aonde?

– No Alternativo.

– Gosta?

– Sim.

Decidira partir, porém o cérebro, falhando em lhe acionar o corpo, deixa-o nas garras da Katiuce.

– Aposto que é do tipo de estudar, esse trem todo.

– Hum, até – Rui confessa.

O diálogo corre promissor, Katiuce lança-se:

– Quer ficar comigo, hoje?

Os dentes param de rilhar, porque os maxilares trancados o impedem. Tal como agira com Lucilene momentos antes, Rui apela para a ignorância.

– Quer ou não quer? – teima a menina.

– Não, obrigado, tomei três copos! – Rui devolve, desencontrado.

– Não é isso! – corrige Katiuce, impaciente. – Tou perguntando se quer namorar! Pô, além de burro é um porre!

Compenetrando-se de que fala com uma borracha impermeável, parte para unir-se aos dançantes.

As mãos de Rui suam frio nos bolsos.

5

GRUPO PODEROSO ASSUME CONTROLE DO OLHO ABERTO

Leiam, leiam o OLHO ABERTO!

O segundo número circula em capa lustrosa e impressa.

Ora ocorria um estranho fenômeno.

Não somente antecipavam a distribuição do jornal, apanhando a equipe de surpresa, como Flávia era quem o distribuía, orgulhosa.

– Quem quer? Quem quer? – anuncia, sobraçando uma remessa.

Rui, menos preocupado com a data, do que com a figura distribuindo, espanta-se:

– Quem autorizou?!

– Gisfranco, claro – diz Flávia.

Basta para Rui dispare furioso ao escritório do diretor. Pela antessala, percebe a porta aberta, por ela entra vociferando:

– O segundo número está no pátio, nem me avisaram que o jornal chegou!

Passado o susto, Gisfranco acalma a secretária, que quer expulsar o intruso da sala. Vira-se para Rui:

– Já, já sossega. Mandei colocar as caixas na sede.

– E a Flávia?! A Flávia tá distribuindo! A Flávia não é da equipe! – Rui protesta.

Afinal, quem era ele senão diretor-redator-chefe-criador-fundador do OLHO ABERTO? Gisfranco fala:

– Sinceramente, Flávia ajudar não me parece calamidade. Pegou uns vinte, trinta exemplares. – Vendo que Rui não se move: – Encontrará na sede o restante. O segundo número está bonito – acrescenta.

Rui cala. Não sabe ao certo para onde ir, nem o que dizer. O escritório de Gisfranco o desarma, convencendo-o de que, de fato, Flávia Amaral distribuir jornais não era, assim, delito grave. Gisfranco o encoraja:

– Tá na sede, vai ver!

Rui consente, cabeceando. Sai humilde pela antessala, com a secretária a esbanjar:

– Da próxima, trate de aguardar sentado!

A secretária está certa, mas é tida como ranzinza. Rui esquiva-se, silencioso.

Vai, curioso, afinal, com a edição do jornal. No corredor, dobra à esquerda, local da antiga despensa que serve de sede do OLHO ABERTO. Lá chegando, encontra Mauro, Sônia, Júlia e Eclipse, visivelmente agitados e inquietos. Eclipse é o primeiro a pronunciar-se, alterado:

– Não vai acreditar!

Estende um exemplar do jornal.

Mauro, puxando cadeira, prepara-o:

– Senta. Respira fundo, porque lá vai choque!

Nessa altura, aflito, Rui senta.

– Que foi que houve?

– Leia e veja – diz Sônia, ao passo que Júlia, ar de desgraça, adianta:

– Sente o drama da primeira página.

Cumprindo à risca o conselho de Mauro, Rui enche lentamente os pulmões. Expirando devagar, lança a vista sobre o exemplar às mãos. Na atual versão impressa, parece revista de verdade. A capa, de um azul intenso e vivo, apresenta o título em grandes letras, com a variação de um olho piscando:

Olho aberto

Jornal do Colégio Alternativo

AGORA IMPRESSO PELA GRÁFICA OESTE

– Que história é essa?!... – murmura, virando a página, para dar com um enorme retrato da Flávia, embaixo do qual ia a legenda:

> *A morenice candanga de Flávia Amaral acontecendo espetacularmente, com o seu novíssimo relógio Oulex, pelos novíssimos salões da Corte. Durante a inauguração da Boate Safari, convocou a atenção da imprensa, ao lamentar que a belíssima decoração do ambiente incluísse peles de animais em extinção. Flávia declara-se profundamente comprometida com a causa ecológica, que também anima o cantor Sting, de grande renome internacional. É isso aí, minha gente, eis uma jovem de OLHO ABERTO.*

Rui se contém para não soltar um palavrão. Examina de perto a foto da Flávia, comentando apenas:

– Apagaram até as sardas dela...

Prefere dar-se um tempo à compreensão, vai às notícias:

POLÍCIA REMOVE INVASÃO DA PONTE

Percebe num relance que sua reportagem está drasticamente reduzida. Lê, para não julgar precipitado. Ao final diz, pálido:

– Cortaram!

Faltavam as declarações do Rubem de Jesus; faltava o depoimento da mulher (que preferia o atraso em Buritis); faltavam as declarações das crianças (que curtiam guardar carro estacionado, em Brasília). Tudo o que a duras penas colhera, em mais de uma ida clandestina à invasão da Ponte do Bragueto.

– Também cortaram minha matéria – fala Eclipse.

Escrevera sobre o livro premiado *A Cor da Ternura,* da poeta negra Geni Guimarães.

– Na minha cortaram quatro linhas – é a vez de Mauro. – Pior que pesquisei na enciclopédia, pra mostrar que a maratona não é invenção do século vinte.

Rui percorre silencioso a entrevista de Sônia com a prima pianista.

– Também cortaram – diz Sônia. – E se soubessem o que tive de rastejar pra conseguir essa entrevista! Cortaram a parte em que a Célia falava da quantidade de talentos musicais desperdiçados por falta de apoio e dinheiro no Brasil.

No pé da página ficava claro: os cortes devem-se a um largo anúncio da Gráfica Oeste, a que imprimira o jornal. Rui, começando a entender, filosofa:

– Tudo de graça tem um preço...

Lê-se em seu rosto uma pontinha de derrotismo. Eclipse fala:

– Aposto como nem desconfia de quem é a gráfica.

Rui arqueia as sobrancelhas em sinal de desinformado.

– Pois eu sei! – revela o colega, e conta: – Quando Flávia me entregou o jornal pronto, achei legal, imaginei: "Taí um arranjo esperto que o Gisfranco arrumou com um amigão!..." Amigão?! – exalta-se, cerrando punho e cotovelo. – O dono da gráfica é nada menos que o pai do Roberto! Bancou o jornal e, como banca, transforma a seu gosto!

– Estragou! – avalia Mauro.

– É, acabaram... – concorda Sônia.

– Se tivessem mexido nas palavras-cruzadas, eu matava! – assegura Eclipse, alegando ter gasto horas de concentração ininterrupta a elaborar a seção.

– Além de cortarem, fizeram pior... – denuncia Júlia, triste. – Veja o Correio Sentimental.

O que Rui faz.

Querida Flávia,

– Querida Flávia? – Rui pasma, seguindo a ler:

Até poucos dias atrás minha vida tinha sentido. Era noiva de um cara sensacional, dezoito anos e Segundo Grau completo. A gente ia casar no fim do ano. Minha mãe preparava o enxoval. De repente, bum! sem mais nem menos, tchau-tchau, bai-bai, meu noivo maravi-

lhoso rompeu comigo, porque os pais iam morar em Porto Alegre! Sinceramente, quando me falou, não acreditei. A gente ria, batia papo, fazia planos... Era fingimento? Estou arrasada, sem saber o que fazer. Por favor, ponha luz nesse túnel escuro onde me arrasto, sem enxergar o horizonte,

Apunhalada.

Abaixo, Flávia respondia:

Querida Apunhalada,
Você foi ingênua. No duro achou que um cara sensacional de dezoito anos ia se amarrar em você? Querer casar, esse trem todo? Exagerou na expectativa. De qualquer forma, dou um conselho: perca uns quilos, solte o rabo de cavalo esmirradinho, tome um banho de butique, antes de querer subir no altar. Quanto ao ex-noivo: esqueça. Se era fingido ou não? Como saber? Naturalmente, abriu os olhos para as gaúchas que o esperam!

Enojado, Rui atira o jornal para o alto. Eclipse apanha o arremesso, dobrando-o na página de esportes. BELA VITÓRIA, dizia o título, embaixo do qual estampavam um retrato em cores do Roberto, segurando um troféu. Na notícia, Roberto lembra os muitos anos dedicados ao aeromodelismo. Cita os nomes dos muitos modelos de aviões perdidos, na imperícia de amador, antes de dominar o esporte. Arrola planos de futuro: ganhar o campeonato nacional, em seguida estrear nos mundiais.

– Cretino! – Rui insulta, desferindo um chute na caixa dos jornais.

– Nunca o Túlio teria dito tchau-tchau, bai-bai... – comenta Júlia.

– Infame! – diz Sônia, perguntando: – Quê que a gente faz?

– Esbagaça com eles – Mauro sugere, ao que Eclipse adere, entusiasmado.

– Rui pega o Gilson, você o Henrique, Sônia e Júlia a *Morenice Candanga*, eu me encarrego do Roberto.

Desatento a planos de briga, Rui vira-se:

– A culpa é sua, Júlia!

Ela engasga, enlaçando o próprio pescoço. Não bastava o pontapé de um noivo, e Rui ainda a agride? Por que razão a fulmina, arrasador?

– Foi *sua* invenção democratizar o OLHO ABERTO! Vê no que deu. Fizeram piada do teu noivado. Pior. Tiraram o Correio Sentimental que você preparou, puseram outro! Isso é horrível! – Esmurra a mão fechada na outra.

Júlia, pálida, porém segura, enfrenta-o:

– Não podia prever a desonestidade... – consulta Sônia com

o olhar, para reafirmar-se, e continua – Acho que errei, aceitando matéria fora do prazo... – Vê que todos se espigavam para ouvi-la. Conta, pausada: – No dia de entregar o material ao Gisfranco, caí na asneira de perguntar à Flávia e ao Roberto se não iam colaborar. "Claro", disseram. "Só que não terminamos." "É coisa grande?", perguntei. Eles disseram: "Uns artiguinhos de nada." Pra não atrasar, combinei deles entregarem direto ao diretor. Da próxima vez não faço mais...

– Da próxima? Que próxima vez?! – Rui atalha.

Esboça um gesto de retirada, quando Mauro, firme, o retém:

– Vai desistir no primeiro tempo, amigo?

Rui devolve-lhe gargalhada irônica.

– Quem sou eu pra lutar contra os poderosos!

Vê-se, pela expressão, que a desistência era de fachada, correspondendo a um desânimo real, mas temporário. Por isso Sônia intercede:

– Dependendo de como a gente reage, pode parecer coisa de gangue. Luta de grupo contra grupo. Quando, na verdade, é outra coisa. Eles agiram errado. A verdade é essa. Júlia entregou o segundo número datilografado ao Gisfranco. A Gráfica imprimiu um texto diferente. A gente tem de esclarecer a situação. Temos que mostrar ao Gisfranco o texto original e comparar, na frente dele, com o que a gráfica mandou.

Eclipse ouve Sônia pensando em mudar seu apelido de Sônia Alves **Timidez** para Sônia **A. Profunda.** Mas logo Rui assusta-se:

– E se perderam o original?!

– Acho que tenho cópia – diz Júlia.

– Cópia não serve. Tem que ser o material que você entregou.

Rui dispara à diretoria, atravessando antessala de Gisfranco num rojão. Infelizmente o diretor saíra. Nada alcançado no momento, exceto a bronca da secretária, verde de fúria:

– Proibido entrar sem avisar!

6

VIZINHO APAIXONADO MARCA DATA PARA ENFORCAR-SE

Sônia deseja provar sua amizade a Júlia, com algo mais do que o coleguismo de turma, ou de jornalismo. Quer ligar e falar para ela: "Estou com você nessa hora dura". Pois Júlia é uma amiga especial, sempre disposta a acolhê-la, terna e compreensiva. Procurasse em volta tratamento igual, encontraria similar no Ostrogodo. E ainda assim Ostrogodo late em hora imprópria; saliva em cima da roupa; espalha bolotas de cocô na área limpa.

Avalia o quanto Júlia sofre com o rompimento do noivado. O quanto Flávia a machucara, no maldoso Correio Sentimental.

Difícil esquecer um convívio prolongado.

Túlio preenchera em tudo a vida de Júlia, nos últimos tempos.

Começara a conversar com ela na qualidade de mero vizinho, depois evoluíra a amigo de muro, amigo de assistir televisão, namorado secreto, namorado público, noivo informal, noivo formal de aliança e bênção. De repente, bai-bai, não quero mais? Golpe, no mínimo, inesperado, de quem na teima e na insistência conquistara Júlia em cada fase.

Pois ela ia solta como um coelho silvestre, até os treze anos, quando Túlio, uma tarde, resolve grudar no seu portão. Quer exibir o tênis novo, as figurinhas. Júlia pensa: "Ele é maluco." Vem sábado, pouco após, Túlio volta de pé engessado, exigindo que ponha assinatura. Torna a reaparecer a fim de mostrar o canivete, a bicicleta, o olho roxo esbofeteado em briga. Júlia dizia: "Não aguento esse peste!" Chega a mandá-lo ir capinar em horta alheia. Ofendido, Túlio some uma semana. Porém ressurge telefonando e indagando: "Você inda tá me namorando?"

Danada da vida, Júlia responde: "Eu, hein, guri, não namorei, nem pretendo!" Bate o fone com violência. Iniciava, com isso, a fase das cartas. Apesar de vizinhos de muro, Túlio as envia da agência dos correios. Júlia recebe as missivas seladas (não sem um certo contentamento). Lê, sorrindo; relê, zombando; não raro até mostrava a Sônia. O Túlio a chama de "gata formosa", ou então destaca de que modo seus nomes quase rimavam, comprovante de que eram feitos um para o outro. Envia, finalmente, o ultimato de enforcar-se, caso Júlia persista em ignorá-lo até meia-noite do dia 30 do corrente. Nessa, Júlia entra em ação para alertar a mãe do doido, sobre os planos destrutivos do filho. Dona Olga, mãe de Túlio, agradece, refletindo, melancólica: "...é que ele te acha a criatura mais perfeita do universo!" Confusa, Júlia decide rever sua frieza. Ignorar o valor que Túlio lhe dá é o mesmo que o Sol ignorar a Terra, que tanto louva sua clareza. De modo que envia um bilhete ao Túlio, declarando: "Você venceu. Concordo que venha conversar comigo hoje. Amanhã, pode vir assistir televisão. Depois, talvez concorde em namorar escondido por dois meses, começando no dia que você marcou pra se enforcar, mas não à meia-noite. Às seis e meia, quando chegar do colégio."

Explicou a Sônia o sentimento de pena que a levou a consentir no namoro. Mais tarde, contou-lhe de que forma, exausta com a operação de manter segredo, resolvera assumir namoro público. Afinal, Túlio era legal, dizia-lhe. Dali para "super" e "um barato" bastara um passo. Aos quinze anos, achava Túlio a quintessência do Planeta. E noivava. Era uma noiva tão feliz e sensata, que até os velhos comentavam: "É muito cedo... mas, às vezes... Minha mãe casou com dezesseis, ficou casada cinquenta e seis! Eram outros tempos, verdade... a Júlia e o Túlio fazem um par simpático."

Roma não se constrói em um dia, mas em um dia se desmorona. Sobretudo com a bomba que o Túlio jogou. Assim pensando, Sônia dirige-se ao telefone e liga:

– Júlia? Como é que está? Não esquece da gente, viu, se quiser desabafar...

– Tá bom, não esqueço... – responde Júlia em tom sumido. – É porque estou arrasada, entende...

– Mas Júlia?!...

Sônia não encontra o que dizer, para aliviá-la.

– Nunca mais vou amar! – declara Júlia, amargurada. – Nunca mais caio noutra de gostar de um homem!

Impressionada com o desânimo da amiga, Sônia tem uma ideia:

– Escuta, vem jantar aqui em casa! Mamãe fez a torta de limão.

– A que eu adoro?... – pergunta Júlia em tom minguado.

– Hum, com leite condensado. Vem!

– Sei lá... – Júlia hesita, depois vira-se, contente: – Então eu vou às sete horas.

Batalha ganha, resta a Sônia confirmar se há limão na geladeira.

*

Naquela tarde irradiavam a partida final do campeonato. Seu time querido ou bem ganha, ou bem perde, e a ausência de uma solução intermediária entre vitória e derrota deixa Mauro aflitíssimo.

Os sintomas começam cedo, após o almoço, com alfinetadas na barriga. Continuam a manifestar-se na incapacidade de parar quieto num lugar por mais de vinte, trinta segundos. Vai ao banheiro, volta. Vai à cozinha, volta. Passeia cá e lá, organizando-se mentalmente. Controlado enfim o mal de estômago, põe-se a tomar suas providências.

– Marilda! – convoca a empregada, estipulando: – Faz suflê, purê, gororoba de goiaba, panqueca, só não quero que me chame, ouviu?! – Acrescenta, determinando: – Nem pra atender telefone, nem pra comprar treco faltando, nem pra assinar carta registrada, muito menos destampar vidro de geleia.

Prepara bandeja com copo d'água, dez biscoitos, uma maçã. Onze, este o número da sorte.

A pequena sala de televisão areja-se com a vidraça aberta. Desce a persiana, a fim de que os raios solares não reverberem no aparelho. Reúne as almofadas. Dispõe no ângulo em que assistira à última vitória do Botafogo. Isso feito, lembra de avisar na loja do pai.

– Loja do Dines, boa tarde, a melhor opção em parafusos!

A voz fanhosa do Edmilson.

– Ô amizade. Avisa pro meu pai que não posso ser interrompido.

– Ele já sabe – disse Edmilson. – Avisou todo mundo.

– Avisou minha mãe?

– Deve ter...

– Avisa você. Vai, espero na linha.

Edmilson avisa, sem arredar pé do fone. Depois fala:

– Avisei, foi bom. Porque senão ela ia mandar você estudar...

– Hoje?! Não dá. Torce pra mim, cara, é a decisão!

– Falou... – replica Edmilson desligando.

Agora falta pentear-se, perfumar-se, desodorizar-se, em seguida vestir a camisa reservada para os jogos decisivos. Finalmente, retirar de baixo do colchão da cama a bandeira do time.

Na televisão, o juiz apita o início do jogo. Empunhando a bandeira, ele espiga-se. Deslancham a bola no gramado. Refestela-se nas almofadas, estimando goleada 4 x 0 a favor.

Dez minutos de jogo passam e Mauro tem a sensação de que falta alguma coisa. Coça a cabeça, apalpa-se, de repente, num salto:

– Vampinho! – grita.

Dispara ao quarto a fim de buscar o vampiro de feltro. Podia assistir ao jogo em paz.

Meia hora passara, tem a impressão de que assiste a um bailado. Muito gesto, muita coreografia, pouca ação, resultado nulo. De qualquer forma, sua e transpira nas orelhas. Enfim, diante de um chute promissor, anima-se a falar com o jogador:

– É isso, vai! Não... assim não, idiota! Assim... Chocante! Maravilha! Taca! Taca! TAAACA! Pateta... anda, retoma. Vai, vai tranquilo. Pô! Tchsss, pá. Segura! Ufa... NÃÃO!! Vai pra Cremilda, anta!

No intervalo, bebe água. Come um a um os dez biscoitos, a maçã. Mantém um silêncio imperturbável, até o momento em que solta:

– Incompetentes!...

Repreende-se, entretanto, com a censura pessimista. Ainda há o segundo tempo pela frente. De modo que ergue a bandeira, desfraldando-a a braço amplo. Faz cafuné no vampirinho, interpelando-o:

– Pô, Vampinho, vê se me anima esses perebas!

Bastante cafuné, bastante. E o silêncio rompe-se com a esperança:

– É pênalti, eu vi!! Nem vem que num tem! Penaltíssimo!

Agarra firme a haste da bandeira, estrangulando na outra mão o vampirinho.

– Perderam o pênalti?!... – balbucia.

Inconformado, estira-se feito morto, bandeira de um lado, vampiro de outro, caídos. Abre um olho de esguelha, porque ainda faltam oito minutos. Reergue-se num drible enganoso.

– Agora eu morro...

Tomba de novo.

A bandeira deita-se como a vela de um barco adernando. Faltam cinco minutos. Pensa, heroicamente: "No *Último dos Moicanos*, o último moicano resiste até o fim..." Tecnicamente podia haver reviravolta de última hora na partida. Bastava para isso enfiarem um gol, e logo em seguida mais um.

Desliga a tevê com estudada delicadeza. Que fazer diante do infortúnio? Matar-se? Não. Entra no quarto com os movimentos ligeiramente mais pausados que de costume. Fecha a porta atrás de si. Torna a abri-la. Coloca de fora a placa inscrita: *Não perturbe.*

*

É grande a fila em frente ao caixa da tesouraria.

Eclipse e Rui, quase na ponta, levam consigo os cheques dos pais no montante da mensalidade do colégio.

São quatro da tarde, horário do recreio, no dia limite de efetuarem pagamento sem multa.

– Conversei com Dona Jerusa – comenta Rui. – Ela concorda com a gente.

– Claro, só cavalo não concorda – diz Eclipse que, desligado, acrescenta: – Coitado do Mauro, o time dele levou a torcida ao desespero.

– Concorda que houve desrespeito – volve Rui, desinteressado de futebol.

Passa pela fila um fã do Eclipse, manifesta-lhe sua adesão:

– Tou com você! – garante, referindo-se às eleições.

– Falou! – agradece Eclipse, exibindo dois terços da arcada dentária. Depois vira-se e cochicha para Rui: – Tinha esquecido a candidatura...

A fila, embora longa, caminha rapidamente, à medida que os ponteiros do recreio evoluem.

– Dona Jerusa aconselhou falar com o diretor – diz Rui.

Eclipse, lembrado da campanha, distribui vês de vitória, plenamente convencido de que concorre ao Grêmio. Uns passam, estranham os gestos, percebem o motivo, correspondem também.

– Você vem? – pergunta Rui, avançando um passo.

– À reunião? Vou – Eclipse fala; adianta-se atrás de Rui.

– Dona Jerusa achou o cúmulo o que fizeram com a gente.

– Claro, só um bode sem chifre não acharia.

Faltam dois, diante deles, na fila. Eclipse vai com Rui para perto do caixa.

– Achou o fim da picada – segue Rui. – Imprimir numa gráfica, achou besteira. Revista de verdade ela compra na banca!

Chega a vez de Rui pagar.

Aplaina o cheque no balcão, enquanto dita o número de matrícula à funcionária. Eclipse, olhos pousados no cheque de Rui, vê por acaso quem assinava. Um tal de Silvério Braga. Paga a seu turno a mensalidade, ouvindo Rui continuar no mesmo fio:

– Nesse caso, ela até prefere que o OLHO ABERTO acabe...

Eclipse, cismado, interrompe:

– Escuta, né por nada não... mas quem é que paga o colégio pra você?

– Meu pai. Por quê? – Rui responde na defensiva.

Não vê relação com Dona Jerusa e o assunto discutido.

– Você é Rui **Lopes** – Eclipse frisa.

– Eu sei meu nome – diz Rui. E pouco depois: – Ele é meu pai de criação.

Eclipse balança a cabeça, compreendendo. Cala-se, enquanto rumam de volta à aula. Conhece Rui há séculos, sem nunca ter desconfiado desse pormenor. No impacto da descoberta, arrisca:

– Sua mãe também?...

– Os dois – Rui confirma. E vendo Eclipse numa seriedade pouco comum: – Algum problema?

– Nenhum! – garante o colega, negaceando desenfreado, como uma mola.

O problema consiste em conhecer Rui desde pequeno, sem suspeitar da circunstância.

– Ei, presidente! – cumprimenta-o, alegre, o Celestino Calado.

– Tamos aí! – devolve Eclipse um adeus vibrante.

Nesse momento, o Antônio, um menino ranheta da oitava série, acerca-se de Rui, perguntando:

– É verdade que o OLHO ABERTO mudou de dono?

*

Ocorre que entre a álgebra e a política há um fosso intransponível para Eclipse.

Bate a vista na equação do caderno, sente a ânsia despontando, e logo vem a consequência:

– 'Fessor, tenho que ir...

O professor, acostumado, manifesta-se:

– Não vem com essa. Escreve!

Eclipse cruza, descruza as pernas, joga o *x* para o lado do *y*, subtrai o *b*, não resolve. Ao cabo de um instante, volta à carga:

– 'Fessor, tenho que ir... im-prescindível!

– Já disse que não vem! – o professor repete.

Eclipse se põe a resmungar.

– Juro, 'fessor, é metabólico! – Toma então um ar humilde. – Sei que preciso de tratamento. Às vezes tou no cinema, na melhor parte, quando vem cinco horas, cinco e quinze, pronto, é infalível. Dizem que é condicionamento psicológico...

– Vai! – grita o professor, desistindo.

Eclipse retira-se agradecido.

No banheiro dos meninos, na parede acima do mictório, inútil escapar das pichações que a palha de aço do Celestino tentou apagar. Ali, em meio ao rastro de obscenidades, permanece a inscrição perturbadora: "Detesto crioulo."

Há quanto não saía? Na época em que surgira em tinta, na parede, por pouco não armara um auê com o diretor. Tivera vontade de revidar, escrevendo: "Detesto branco!" em letras bem grandes. Mas Rui interveio, sustentando: "Deixa, isso fala pessimamente de quem escreveu." Logo depois Celestino raspou, passou amoníaco.

Estranho Rui...

Tem o dom de encarar as coisas de maneira diferente. Estranho e justo, Eclipse acha, razão pela qual o aprecia. Com que então é filho adotivo!... Será por isso que chama o pai de coronel?

Estranha amizade, a deles.

Inseparáveis no colégio, na colaboração do OLHO ABERTO, e mal se conhecem no resto. Andam juntos de bicicleta, telefonam-se com frequência, por outro lado: "nunca passei da sala de entrada...", reflete Eclipse.

Esbarra a vista novamente no vulto do grafite que o ofende. Está claro que o visam, pois, preto, só há ele no colégio, com a Lucilene no Jardim. Marrom, um monte.

Estranha amizade, estranho Rui.

A supor que os dois fossem pretos, ainda assim eram água e vinho. Rui, quieto, compenetrado. Ele não. Rui era um baixo astral em qualquer festa. Por que eram amigos? "Talvez...", pensou, "a verdadeira mãe de Rui fosse uma antiga empregada do coronel e da mulher, aí morreu, aí o coronel e a mulher não tinham filhos, acharam o Rui fofinho, adotaram e... agora, viam como valia a pena dar uma chance a quem não tem..."

– Morreu aí dentro?! – pergunta à porta do banheiro o professor de Matemática. – Rápido, João Luz, de volta à aula!

7 MATÉRIA PAGA DÁ MUITO ROLO

A *sala fresca* recebeu esse nome porque o sol ali raia, mal se filtra pela janela, logo some, interceptado pela copa da figueira. É um local sombreado, de temperatura amena.

Destina-se à leitura e ao estudo, comportando uma pequena biblioteca. Poucos cabiam nela a um só tempo: três no sofá, oito nas mesas, doze nos cubículos para estudo individual.

Françoise, a supervisora, que apesar do nome francês é brasileira, ocupa a escrivaninha junto ao arquivo. Zela pelo silêncio ambiente, cuida do respeito ao material, cataloga livros novos, repõe os usados nas estantes.

Nas sextas-feiras, a sala fresca fica aberta para o estudo até as oito da noite.

Roberto lá senta com frequência, sob o pretexto de ler jornais. Dizem que, de fato, contempla os vinte anos altos e esguios da Françoise. Naquele dia, porém, une-se a Flávia no espreitar o andamento da reunião que o Rui marcara com Gisfranco às seis e meia.

Flávia, Sônia, Júlia e Mauro dividem a mesa circular com uma novata sardenta, que presta exame para ingresso no colégio. Sônia e Júlia entretêm-se a folhear uns exemplares da revista *National Geographic*. Mauro lê o *Jornal dos Esportes*. Flávia mira-se e remira-se no retrato publicado no OLHO ABERTO. Atrás da estante, veem-se as costas dos alunos nos cubículos. Invariavelmente os mesmos fazem os deveres, para livrarem-se das tarefas antes do fim de semana. Enfim, no sofá de vinil de três assentos estão Roberto, Gilson e Henrique.

Num momento em que a atenção de Françoise vai absorvida na arrumação de uma fichas, Roberto atira sobre Flávia um papelete, com a mensagem: "Deu o maior rolo!"

– Deu?! – vira-se Flávia em voz alta, assustando a novata que faz prova.

Françoise franze a cara imediatamente, pedindo silêncio.

Flávia aguarda que ela se reponha a arrumar fichas, para expedir bilhete aéreo ao Roberto: "Deu?!", escrevinhara. "A mulher aceitou namorar?" Chama Françoise de *mulher*, porque já tem duas décadas.

Roberto lê, fecha os olhos e, utilizando o mesmo papel, reescreve: "Deixa de ser burra! Deu rolo com Dona Jerusa!" Amarfanha o bilhete em bola, atira-o em Flávia.

– Mas ela é velha para você! – exclama Flávia escandalizada.

Além da novata perplexa, e dos demais sentados à mesa, alunos dos cubículos volteiam rostos contrariados. Françoise levanta-se, estampando um olhar severo, de veemente reprovação. Torna a sentar na cadeira ao ver que Flávia se arrepende, encolhendo o pescoço nos ombros, ao mesmo tempo que tapa a boca com a mão.

Roberto desiste provisoriamente de se comunicar com Flávia ali. Apanha na cesta uma revista odontológica, põe-se a folheá-la, comportado.

Instantes passam, outra mensagem embolotada aterrissa em Flávia. "Sua jumenta!", diz. "Dona Jerusa tá do lado deles! Não gostou do segundo número do OLHO ABERTO."

– É inveja! – grita Flávia, expansiva. – Tremenda inveja do *know how* que tivemos.

Françoise, furiosa, precipita-se sobre Flávia, ordenando:

– Agora saia daqui!

Flávia reúne as mãos em prece, balbuciando:

– Desculpa, Françoisinha! – esquece o balbucio, elevando, franca, a voz fanhosa: – Também, esse silêncio dá agonia. Não dá? – pergunta à novata espantada.

– Peço que saia! – repete Françoise seca e ríspida.

Flávia se ergue, arrastando a cadeira barulhenta atrás de si. Abandona a sala, aborrecida, e refletindo: "Que será que o Roberto vê nessa espiga?"

*

Enquanto isso, na padaria, Rui aguarda a hora da reunião.

Adora certo sonho com glacê de chocolate e recheio de doce de leite, especialidade do padeiro a duas quadras do Alternativo.

Quando morde, os dentes trincam a cobertura caramelizada, descem na massa amanteigada, fecham na macia cavidade do doce cremoso. Sempre que Rui dispõe de um tempo, e de uns trocados, saborear esse sonho é um ritual que preza.

Estranha, dessa vez, um menino que o observa a comer. Está em pé, na calçada, segurando uma pasta cinza, fixando nele atenção inibidora. "Será que quer um...? Invocou comigo?" Junto do balcão, solicita um copo d'água ao atendente. O menino segue a espreitá-lo da calçada. Arremessa o copo plástico no lixo, passa a dorso da mão na boca. Transpõe o desnível entre o limiar da loja e a rua, pronto a voltar para o colégio. Então o menino aproxima-se e fala:

– Vocês aceitam os do sétimo ano?

Rui não compreende a pergunta de imediato. Para, confuso, numa vaga ideia de que conhece o menino. Os óculos redondos de aro metálico, o cabelo cortado em escovinha, parecem ter sido vistos pelos recreios do Alternativo.

O menino estende-lhe a pasta cinza, dizendo:

– É pra você.

Vacilando em receber, Rui consulta o relógio, ao estilo de um homem de negócios com agenda cheia.

– Agora não posso – diz. – Tenho reunião às seis e meia.

Faltavam apenas dez minutos.

O menino insiste em dar-lhe a pasta, informando:

– Tem recortes sobre as invasões.

Tal palavra, como uma senha mágica, abre passagem a um Rui curioso.

– Ah, é...? — intriga-se.

– Tem – confirma o menino, acrescentando: – E uns outros recortes também.

Põem-se a andar. Rui aceita a pasta, enquanto o menino fala.

– Recortei a notícia de uma pauleira que saiu num frigorífico da Austrália, o pessoal se batia com rabo gelado de canguru. – Riu da história; continuou. – Recortei outra notícia de que os dinossauros, há muito tempo, já morriam de câncer. É. Descoberta de um cientista americano. Outra, também, de uma mulher que comprou na loja um colchão Ortobom, e recebeu em casa um com a etiqueta Orthorrível. – Torna a rir, acrescentando: – Umas notícias desse tipo...

Caminhando vagaroso, Rui entreabre a pasta, vendo voar um recorte, que cai no bueiro.

– Não faz mal – diz o menino. – Era o dos rabos de canguru.

Rui compreende que será difícil andar e ver os recortes ao mesmo tempo. Propõe sentarem num dos bancos do colégio.

– Isso me interessa! – admite.

– Sabia! – fala, vaidoso, o sextanista.

Coletara artigos relacionados com a questão das moradias em viadutos, passagens subterrâneas, margens de lago, casas vazias, construções paradas, por levas seguidas de migrantes e desesperados sociais em Brasília. Agrupara os recortes em ordem cronológica. Guardara na pasta uma importante capa da *Veja*, de 19 de dezembro de 1990, cuja chamada era: OS MISERÁVEIS: NUNCA HOUVE TANTA GENTE MORANDO NA RUA. Seguiam outros títulos: INVASÕES AUMENTAM NO DF; GDF DÁ ULTIMATO A INVASOR; GDF REMOVE INVASORES.

– Isso me interessa! – repete Rui, com convicção.

Passa os recortes em revista:

REMOÇÃO CONTINUA; REMOVIDOS APROVAM NOVO ASSENTAMENTO; O ENTUSIASMO DO PRINCÍPIO; REMOVIDOS QUEIXAM-SE DOS ASSENTAMENTOS SEM ESGOTO; GOVERNO VISITA AS FAMÍLIAS REMOVIDAS; ACABA A INVASÃO DA PONTE.

– Poxa, legal! – segue Rui, detendo-se no trecho:

> *O entorno do Distrito Federal é hoje mais um cinturão de pobreza do País. É uma fonte geradora de problemas sociais*

e econômicos para Brasília. Sua população migra em busca de emprego e melhores condições de atendimento médico, educação e até lazer. Para romper esse ciclo vicioso é preciso que o País se conscientize...

Preocupado com a hora, Rui pergunta:

– Posso guardar?

– Claro. Foi pro OLHO ABERTO que eu recortei! — diz o menino amavelmente. — Queria também colaborar...

– Poxa, você foi o único que se interessou pela questão das invasões.

– Lógico, era o único artigo sério do jornal. O resto era meio superficial...

– Tem certeza que tá no oitavo ano?...

– Sétimo ano, ou não me chamo Wandick.

– Wandick, me dá seu número de telefone.

– Dou.

– E continua juntando mais recortes! De repente — Rui faz um olhar sonhador –, a gente escreve um livro juntos!

– Falou!

*

Eram seis e meia.

Na antessala de Gisfranco, Júlia, Sônia, Mauro e Eclipse aguardam a reunião com o diretor.

– E o Rui, que não vem? – indaga Sônia, roendo as unhas. – Sem ele, estraga tudo...

– A gente tem boca – diz Júlia, calma. – Se não chegar, a gente fala no lugar dele.

– Fala você! – retruca Sônia, esquivando-se. – Eu não pretendo abrir a boca.

– Seis e trinta e cinco... – comenta Mauro, observando. – Rui normalmente não atrasa. Me disse que dava um pulo na padaria e já vinha...

– Esquecer, sei que não esqueceu – garante Sônia, roendo o dedo mindinho.

– Isso, nem que tivesse amnésia! – concorda Júlia.

Eclipse vinha mantendo o ar pensativo, braço apoiado na escrivaninha da secretária, o corpo levemente inclinado, perna dobrada em frente à outra. De repente, solta:

– O atraso é uma estratégia comum na política brasileira. Aumenta o prestígio de quem atrasa, diminuindo a resistência do esperador. O esperador fica dividido, metade com raiva, metade respeito pela pessoa atrasada, porque, afinal, se atrasou foi porque está ocupada, ou então está num engarrafamento, ou morreu, e aí o esperador se sente culpado da raiva que sentiu do atrasador.

Ao assimilar o que ouvia, a secretária, sentada, interrompe anotações. Ergue primeiramente o olhar, depois o rosto, para Eclipse, como o faria perante um disco voador. Como ninguém falasse, Eclipse sente-se encorajado a prosseguir:

– O atraso é um dado cultural brasileiro. O inglês não. Chegam às cinco horas no chá das cinco. Agora nós, chegar na hora é dar vantagem pro otário que marcou a reunião. Que já leva vantagem de estar no escritório dele... que já senta numa cadeira de encosto alto, não umas cadeirinhas mixas. Aqui pra nós... – Eclipse abaixa-se para a secretária, incluindo-a de cúmplice – , o nosso homem é um vendido! – fala num tom conspiratório. – Vendeu o OLHO ABERTO (jornal que a gente inventou) prum grupo cheio da grana... É isso aí! O poder chama o dinheiro – fala alto e livremente – , o dinheiro chama o poder. Um chama o outro, ninguém resiste!

Para, ao reparar que Mauro contorce o pescoço como um ganso, estreando colarinho. Virou para trás, deu com Gisfranco a escutá-lo.

– Eu sou o poder... – Gisfranco atalha.

– Sim – confirma Eclipse, com surpreendente desembaraço. – O Grupo Tarti é o dinheiro – acrescenta.

– O Rui, que marcou a reunião, e que até agora não compareceu, suponho que seja a parte fraca das negociações...

– É por aí – confirma Eclipse.

– Portanto, o Rui se fortalece, atrasando...

– Perfeito.

– E se recorro à mesma tática?...

– O senhor atrasa também.

– De atraso em atraso, a reunião não acontece!...

– O que é comum neste país – Eclipse admite. – O cara chega na hora, não vê ninguém, pensa que chegou na hora certa do dia errado, vai embora. Chega outro, pensa o mesmo. Avisa ao terceiro chegando que a reunião foi cancelada, e assim vai! Quem é que dá prêmio à escola de samba que sai na hora e passa rápido? Enfim, o tolo que chegou na hora e esperou duas horas para a festa começar nunca mais cai em outra igual! Engrossa a fila dos que atrasam e, no final, temos o que os culturólogos chamam... fato cultural.

Gisfranco, polidamente, introduz a equipe no escritório.

– Cuidado – avisa, irônico. – Não vamos usar manobras simplórias de autopromoção.

– Não. Não vamos – rebate Eclipse. – Inclusive, seria covardia. O senhor que, além do dinheiro, teve o poder de convocar a reunião no seu habitat zoológico (e não na sede do OLHO ABERTO) não vai desarmar uns pobres alunos indefesos...

*

Exultando à medula com o atraso de Rui, Gilson e Roberto percorrem de ponta a ponta o corredor. Caso Rui falte à reunião, a equipe se desmoralizará totalmente. Podiam a Júlia falar, o Mauro reclamar, o Eclipse gastar saliva a rodo, não valeriam um centavo de quem era a alma do OLHO ABERTO.

Conquanto Gilson ponderasse:

– Alma ou não alma, duvido que o Gisfranco jogue no lixo o acordo com uma gráfica supermontada, superestruturada, com máquinas importadas e o mais.

– De qualquer forma, com Rui fora — Roberto pensa —, fica provado que o dedicado fundador do OLHO ABERTO não é assim tão dedicado.

Enquanto os dois caminham, parecendo sentinelas de uma fortaleza, Flávia volta à sala fresca no propósito de atordoar Françoise.

Entra pé ante pé, senta-se à mesa redonda, com um cuidado irrepreensível. Depois enfia-se na leitura de um gibi, sem emitir ruído. Ora espirra, ora boceja, ora espreguiça, parecendo atriz de filme mudo. Em pouco tempo Françoise enlouquece, sem argumentos para repreendê-la. Felizmente em breve surge Roberto, numa nesga de porta, chamando Flávia ao corredor.

Ela vai. Roberto cochicha-lhe alguma coisa. Flávia responde:

– Eu vou.

Lança-se degraus abaixo pela escada que desemboca no pátio externo. Fora, olha de um lado, olha de outro, divisa Rui conversando com um pirralho de óculos. Esconde-se rapidamente para não ser vista. Na ponta dos pés, tal como entrara na sala fresca, achega-se a Rui pelas costas, aplicando-lhe gratuitamente um resoluto beliscão.

– Filha da...!! – Rui pragueja, reconhecendo-a.

– Meu Deus, funcionou! – exclama Flávia, cruzando as mãos no peito.

Rui pena em esfregar o ângulo espremido das costas.

– Querendo o quê, menina? – enfeza-se.

– Que olhe pra mim! – responde Flávia, feliz.

Rui fulmina-lhe expressão que a enviava ao pior destino. Consulta o relógio: seis e quarenta, bastava o atraso à reunião. Corre veloz ao pavilhão da diretoria. Ouve Wandick gritando:

– É ela, Rui! A apaixonada do Correio Sentimental!

No corredor, encontra Roberto e Gilson às gargalhadas. Entende tudo. Flávia chega e, rindo também, comenta a manobra do beliscão: "Olhou pra mim! Olhou pra mim!" Rui aperta a pasta cinza. Precisa reafirmar-se para não faltar à reunião. Brigar ali seria pior. Ruma decidido ao escritório de Gisfranco, apesar da pulga atrás da orelha: Wandick também teria tramado? Será Wandick um impostor?

*

Gisfranco sentara-se, disposto a ouvir os alunos, um por um.

– Incluindo João Luz! – esclarecera, rindo. – Esquecendo o exposto sobre culturas...

Eclipse, com isso, aproveita para deslanchar:

– Fizeram a maior sujeira com o OLHO ABERTO!

Imagina que Gisfranco vai reagir: "Como, sujeira?!" Ele então compararia tal imundície com a limpeza e transparência de sua campanha. Gisfranco, porém, vira-se para Mauro:

E você, o que pensa?

Mauro, despreparado com a guinada repentina, gagueja:

– E-eu?... ...con...concordo com Eclipse! – ousa enfim.

– Concorda que houve sujeira...

– Sim – Mauro confirma.

– E você, Júlia?

– Concordo que houve sujeira – diz ela. – Por outro lado – suspira – , já não tenho tanta certeza de nada! – Pausa um instante, esclarece: – Desde que meu noivo rompeu comigo, fiquei assim, baratinada. Questiono minhas próprias opiniões, questiono tudo. O pessoal diz: "Procura outro!" Procura outro noivo – explica. – Eu mesma digo: procure se achar, sua boba. Acontece que esse negócio de gente se achar só funciona pros outros. A gente quer é o namorado da gente... Sei lá, desculpa! – Envergonhada, coloca a mão nos olhos, abaixa a cabeça.

Gisfranco vira-se então para Sônia, sobre quem repousam as expectativas.

– Você?

– Preferia falar depois do senhor...

– Pois bem – diz Gisfranco, espalmando as mãos na mesa. – Ouviram falar de tempestade em copo d'água?

– OUVIMOS! – grita Rui, entrando em cena como mocinho de cinema.

É o suficiente para Mauro empolgar-se:

– Fizeram uma tremenda sujeira!

– Pois bem – retoma Gisfranco – , chegou o Rui, muito bem! – demonstra firmeza. – Vieram reclamar, entendi. O que pretendem?

– Apurar os fatos – diz Rui. – Queremos saber quanto o senhor recebeu para mudar o OLHO ABERTO.

Gisfranco limita-se a engolir em seco.

– É! A comissão que o senhor embolsou! – traduz Eclipse.

– Dos... desses Tartis! – Rui prossegue.

Gisfranco, recuperado do susto, diz calmamente:

– Houve patrocínio. Doação. – Virando-se para Eclipse: – Recusaria doações para sua campanha?

– Depende... – vacila o candidato ao Grêmio.

– Depende como?

– De ser doação... doativa! – arrisca Eclipse.

– Traduza, por favor.

– Ele quer dizer: sem condições – Rui explica.

Sente arder o beliscão nas costas.

– E isso existe? – Gisfranco indaga sonsamente.

Lê-se nele uma vontade de levar o grupo a refletir.

– Se não existe... – pondera Rui – isto significa que o senhor...

– É um corrupto vendido! – completa Mauro, inflamado.

Sônia e Júlia se entreolham achando que Mauro passara dos limites. Rui pensa o mesmo e manda Mauro refrear-se. Gisfranco emite sinal de apreço pela intervenção e explica:

– A Gráfica Oeste comprometeu-se a imprimir o OLHO ABERTO em troca de uns anúncios nas páginas. Achei justo.

– Sim, mas isso não foi o que aconteceu! – Júlia assinala.

– Estou sabendo... – torna o diretor.

– O senhor não acha abominável terem cortado nossos artigos prontos? – é Sônia, enfim, pronunciando-se.

– Extremamente errado – diz Gisfranco.

– Isso dá cadeia em muito país – informa Eclipse.

Gisfranco repete:

– Achei errado.

– Pô, cortar matéria séria pra colocar retratices candangas! – acusa Eclipse.

– Morenices... – Mauro corrige.

– Dá tudo no mesmo!

– Sim, tudo muito grave e errado – Gisfranco repete pela terceira vez. – Agora, ouçam – impõe-se. – Vamos todos vestir a carapuça. – Para Eclipse, que manifesta não entender, esclarece: – Culpa, João, vamos todos assumir um pouco da culpa! – Recobra afinal o tom inicial. – A Júlia me entregou o jornal num envelope, com o recado: "Falta a matéria do Roberto e da Flávia, talvez eles entreguem direto na gráfica..." O que fiz? Entreguei o jornal à gráfica na data combinada. Gráfica, repito, cujo favor de imprimir o jornal não me veio atrelado a condições. Pois bem – pausa, retoma impulso. – Roberto e Flávia desrespeitaram o jornal que vocês aprontaram, elaborando um segundo número da cabeça deles. Certo. Eu sabia que o dono da gráfica era o pai do Roberto. Daí a prever o que ocorreu, não podia. Foi muito errado, repito, e falarei com os envolvidos. Enfim, aprendi a lição: vamos voltar à simplicidade. Nada de gráficas. O jornal continua artesanal como antes. Outra lição. Dona Jerusa precisa coordenar a atividade, ou dá no que deu. De modo que, resumindo – ergue-se, solene – , vocês estão certos em reclamar. A garra, a iniciativa, a união da equipe do OLHO ABERTO merecem aplausos, ao passo que a tramoia escondida dos outros dois merece repreensão e...

– Claro! – interrompe Eclipse. – Nós somos o bem. Eles, o mal!

– O bem total, contra o mal total! – Gisfranco define. – É o que se chama maniqueísmo.

– O Roberto Tarti é praticamente um mal total – opina Mauro, e Rui murmura:

– Flávia Amaral não fica atrás...

Sente o beliscão latejando na omoplata.

Gisfranco, em pé, atrás da escrivaninha, aponta o retrato da mulher e dos filhos na parede.

– Hora de jantar! – anuncia, e delibera: – O OLHO ABERTO é uma atividade válida e continua, sem gráfica! Voltamos à simplicidade. Vocês dirigem o jornal por este ano. Colaborações serão aceitas e discutidas com Dona Jerusa. Finalmente! – dá um tranco na mesa. – O jornal será saudável, ou não será!

Há uma pausa em que os presentes ruminam a mensagem. Olhares vagam soltos, até que o de Mauro estaciona no próprio umbigo.

– O senhor nunca detestou um tipo de gente? – pergunta, sincero – Nunca torceu prum time perder? Cair na desgraça?

Em vez de Gisfranco, Sônia responde:

– Não é isso. É a condição do OLHO ABERTO funcionar. Se detesta o Roberto, detesta fora do colégio e do jornal.

– Melhor não detestar... – prefere Gisfranco. – Melhor conversarem, apararem as arestas – sugere, colocando o paletó.

Eclipse espreme uma careta e fala:

– O senhor pensa que jornalista é anjo?

Gisfranco sorri-lhe complacente. Eclipse comenta:

– Meu pai declarou num jornal: "Nego passa fome" – eles publicaram "Nego assa e come". É tudo assim que nem o Roberto! – sustenta.

Gisfranco sorri e, temendo novos discursos, convida a todos para que se retirem.

8

JORNALISTA EM CRISE PEDE DEMISSÃO

Manhã de sábado, radiante e azul.

Espreme o suco de laranja, besunta o pão com a manteiga. Põe-se a ouvir a passarada alegre.

Coloca o pijama na gaveta. *Short* de *lycra*, camisa cavada, finalmente, o aviso: "Se não voltar, guarda a comida!"

Talvez volte ao meio-dia, e talvez não. Gostosa é a possibilidade de escolher o sim, ou o não. Especial, o prazer de decidir conforme a telha.

A liberdade começa com o vento no rosto, descendo rápido do Lago Norte ao Eixão. Em seguida vem a pedalada de dez quilômetros até o parque. O descanso na grama.

Distrai-se a olhar gordos e magros, altos e baixos, feios e bonitos, horas a fio. Diverte-o a diferença entre os atletas de sempre, os ocasionais. Leva consigo o cadeado de segurança da roda, bem entendido, na vontade de um mergulho na piscina de ondas.

Fora-se o tempo em que puía os fundos da calça deslizando no tobogã. Sumira-se a paixão louca dos dez anos pela roda-gigante. Acompanhava-o agora o amor tranquilo e duradouro pela bicicleta amiga... E o Rubem, e os filhos, e a mulher... em que viaduto... onde estariam...?

Manhã radiante de céu azul, decerto comeria um sanduíche na rua.

Pedalando, acompanha por um tempo o suado percurso de uns corredores. A fome vem, subitamente, com a vontade de um doce. Saboreia cocada mole da bandeja de um vendedor.

A tarde passa suavemente, decide dar um pulo à feira da Torre de Televisão. A tarde flui, nem percebe, o céu escurecera, é chuva que vem.

Da marquise da loja onde se abrigara, parece divisar o Wandick. Descia do carro, frente ao jornaleiro. Aguarda atento, para confirmar: é ele sim, Wandick, do sétimo ano, reentrando no carro com os jornais adquiridos.

– Ei, Wandick!...

Inútil pedalar em seu rumo, o carro parte, na pressa do senhor guiando.

O corre-corre dos pedestres diminui pela rua. A chuva passageira dissipa-se, rareando os fios pendentes. Breve as nuvens se afinam, coando mormaço. Rui espera que o céu se firme, antes de retornar à casa. Parado um instante, a meditar — coxa apoiada na barra da dez-marchas — ganha a certeza de que o Wandick será um amigo verdadeiro.

*

Ao aproximar-se a hora do lanche, virara rotina Marilda avisar falta de leite ou pão. Aparece, suplicando a Mauro que vá comprar na venda adiante, ao que ele, danado, retruca:

– Manda a Laura. Por que eu?

Laurinha, decerto, não iria se expor a rodear matagais pelo lusco-fusco da boca da noite.

– Você que é homem – vem Marilda, impondo-lhe o dinheiro à mão. – Vá e volte num zás-trás!

Diante de um Mauro inflexível e pirracento, argumenta:

– Seu pai, sua mãe já voltam da loja, encontram a mesa sem comida.

Isso, Marilda se encarregaria de explicar-lhes, devido à bela preguiça do filho. De modo que, reconsiderando uma recusa capaz de lhe valer broncas, Mauro acaba cedendo.

Irá. Mas, para contrariar o zás-trás de Marilda, será de rosto mal-humorado e com a lerdeza que entendesse.

Naquele momento, um céu de nuvens carregadas traz a noite mais cedo. A rua permanece molhada, de forte chuva anterior. No que Mauro empurra o portão de ferro, este range, junto com o estrondo cavernoso do trovão. Por um minuto, ele confunde o tronco caído em poça d'água, metros perto, com o corpo retorcido de um morto. Bate a vista numa pedra dura, jura ver uma caveira. O mato ao lado estremece, ele vira-se. É um calango se esgueirando. Então para, como se alguém lhe transmitisse estranho aviso. Depois segue, sorrindo no íntimo de seu medo.

O vento, agitando as árvores atrás dos postes, desenha no chão formas dançantes. Provavelmente atrita um galho ou tábua solta, provocando som idêntico ao de passos firmes e pesados na lama. Mauro põe-se a andar preocupado, pois, sem exatamente olhar para trás, percebe que vem seguido de um homem alto e corpulento. Compreende, virando a esquina, que se trata de um assaltante.

Procurando manter o sangue-frio, controla a vontade de virar-se. Continuaria caminhando calmamente, para não mostrar-se nervoso. Acontecia o que tantas vezes receara quando, ao escurecer, ia, a pedido de Marilda, comprar pão naquele setor de poucas casas construídas. "Andar calmo...", impôs-se. "Não dar chance ao assaltante..."

Enquanto caminha, afetando tranquilidade, parece ouvir atrás, cada vez mais próximos, aqueles passos inquietantes, chapinhando na lama. Cogita na hipótese de ser alguém como ele, dirigindo-se à venda para comprar pão. Querendo testar, acelera visivelmente a marcha, calculando que o homem que o segue, se for honesto e desinteressado, seguirá andando no passo em que vem. Porém não é o que acontece. À medida que se apressa, o outro atrás se apressa também. Quando já corria, o outro atrás corria também. Em pânico, Mauro pensa que dará o tênis, o relógio e, naturalmente, o dinheiro que leva. Pela camisa e pelo time, pretendia lutar até o fim.

– Por favor, não! – vira-se enfim, descobrindo que "o assaltante" não é mais que um cachorro, e dos pequenos.

*

Impossibilitada, por motivo ético, de arcar com o Correio Sentimental, Júlia entrega o pedido de demissão ao OLHO ABERTO.

O editor-chefe, criador e fundador do periódico, pede a Sônia que o acuda na questão penosa e delicada de demover Júlia da intenção. Júlia, segundo ele, estaria apelando para uma ação precipitada, porque está em crise.

– Resolve aí a situação! – insiste com Sônia que, embora retida no leito com forte gripe, discute fanhosa com Júlia:

– Ah, isso não, binha filha! Num vem que num tem!

Atira na cesta o lenço encatarrado.

– Ah, aah...

– O quê?

– ...tchim!!

– Vai te deitar — Júlia sugere, observando: — De qualquer modo, não vai mudar minha cabeça. Pra mim, quem tá baratinado não serve pra dar conselho!

– Num quero budar sua cabeça. Quero bostrar que tá errada. Aaaahh...

– O quê?

– tchim!! Bra mim, cê tá de frescura.

– Aí que você se engana, Sônia. Não tou nem um pingo. Simplesmente não acho certo mulher perdida bancar psicóloga.

– B-berdida?! Porque o Túlio te largou?! Cruzes, você tá mesmo berdida!

– Eu sei que tou...

– Tá nada. Aah...hã... Pensei que fosse esbirrar, num esbirrei... – Assoa o nariz ruidosamente, acrescentando: – Dona Jerusa disse que você tá mais bonita, depois que acabou com o Túlio.

– Pêra lá — reage Júlia. – Não confunde as coisas. Ele acabou comigo. Caso contrário, acha que eu teria perdido cinco quilos?!

– Cá bra nós, belhorou! Noivar cedo não tá com nada...

– É, Sônia, você fala, porque nunca namorou. Antes eu era ultraequilibrada. O Túlio me desestruturou. Agora me diga com toda a sinceridade: acredita que uma possa desestruturada pode estruturar os outros?

– Bode. Bode enxergar mal os próprios problemas e ver bem os dos outros.

– Acho que você tá forçando a barra – replica Júlia, incisiva. – Mas tudo bem... – acrescenta, abrandando: – Vou repensar... – Pausa um instante, releva: – Só por tua causa, ouviu?

– Pois eu também só vou desligar porque o homem do bujão chegou.

*

Em noite de chuva intensa, é comum apagarem-se as luzes no Lago Norte.

"Pifou a luz, pra variar...", resmunga Eclipse, espremendo pasta dentifrícia na escova, para logo cuspir com nojo. Pelo gosto, espremera um tubo de pomada dermatológica. Ouve dizerem:

– Peguem a laterna!

A gritaria se irradia pela casa, todos à cata de fósforo e vela (dado o sumiço da lanterna, ou pilha velha).

Querendo tirar o gosto de pomada do paladar, bochecha repetidamente. À espera de que a luz volte breve, senta-se à beira da banheira. Como não vem, tateia no escuro até o bidê, onde encontra o pijama.

"A vantagem", reflete, "é a desculpa pra não fazer o dever de álgebra."

A desvantagem, por outro lado, é não ter com que se ocupar. "Dormir forçado a uma hora dessas?!", questiona-se, lembrando que Napoleão Bonaparte achava dormir um atraso de vida.

No que assim ruminava à solta, a luz volta, e ele, de um pulo, sai do banheiro, para ver a eletricidade fugir de novo no corredor. Alguém, nesse instante, aproveita para berrar com a Lucilene:

– Sua burra estúpida!

A coitadinha, na pressa, assoprara as velas.

"Pifou! Pifou! Quando pifa de novo, pifa de vez!" Dizendo-se isso, Eclipse envereda pelo corredor.

Persuadira-se de que não veria o programa desejado na televisão. Nem música ao menos poderia ouvir, pois que os rádios de casa funcionavam nas tomadas. Ocupa um banco da copa, sem quê nem porquê. Ouve o Zé Maria, irmão mais velho, conversando relaxado com a namorada. Mandava-lhe um beijo. Outro. Cento e cinquenta. Mil, estalados e sonoros. Está indo pelos mil e um, quando Eclipse o cutuca, pedindo o fone.

– Também quero falar, ora essa!

Zé Maria manda Eclipse às favas, depois desliga, condescendente.

Eclipse disca, adivinhando no escuro a posição dos números.

– Ei, Júlia! – arroja-se, assim que ouve voz feminina.

– Quem fala...? – indaga, prudente, quem atendia.

– Eclipse, pô! – este lança-se, para ouvir:

– Lunar ou solar, meu querido?!

Bate com o fone no aparelho. "Droga, essas mulheres metidonas!" Torna a discar mais cuidadoso, reconhecendo, agora sim, a voz de Júlia.

– Quê que cê manda – esta diz, acolhedora.

– Tou com uma ideia pro OLHO ABERTO.

– Ih, cara, você também? Nunca pensei que fosse tão importante pro jornal! Fala.

– Pensei numa pesquisa sobre o perfil do aluno da oitava série.

– Hum... – murmura Júlia.

– Um questionário, bolado por nós dois, sobre o que o aluno prefere: viajar, namorar, ir ao cinema, ouvir música (que tipo de); festa (que tipo de); esporte (qual); estudo... sim... porque tem disso também... que tipo de tevê prefere, assim por diante...

– Quem já escolheu a profissão... – sugere Júlia. – Em que colégio pretende cursar o Segundo Grau... Com quem pretende casar... Se quer ter filhos... quantos... de que sexo... qual o maior sonho da vida...

– Isso! – aprova Eclipse. – Podemos perguntar quem é que quer festa de formatura.

– Hum... E também, preu entender melhor por que o Túlio me largou, a gente podia separar o questionário dos meninos do das meninas. Pra analisar as diferenças, que de qualquer forma são enormes...

– Gostou da ideia, então?

– Sim, mas tem que ser pesquisa séria. Você entende de estatística?

– Conto até cem, de dez em dez.

– Se bem que não precisa ser científico...

– Claro que não. É pra agitar. Pra sentir o pessoal. Você topa, então?

– É... – admite Júlia, reticente. – Acho que pesquisar não é incompatível com o meu estado de confusão emocional.

– Claro que não!

– Mas depois não diz que embananei...

– Combinado. Vou desligar, porque a Lucilene tá esgoelando que a luz acabou pra sempre.

9

NOTICIÁRIO ENTREGA GRANDE SONEGADOR

Noites depois, quando, apesar dos estrondos no céu, a eletricidade funcionava, o Deputado João Luz da Serra mostra a Eclipse uma notícia no *Correio*, com a pergunta:

– Este não é o pai do Roberto?

Eclipse verifica a fotografia e, mais pelo nome do que pela foto, confirma:

– Caramba! É!

– Puxa o jornal da mão do pai, para ler. Um grande inquérito na Previdência Social aponta Armindo Tarti, dono da Tarti Publicidade e Gráfica Oeste, como um graúdo sonegador de impostos e cabeludo trapaceador de verbas públicas.

– É ele! – Eclipse grita. – É ladrão mesmo! Me dá a tesoura, preu contar pro Rui! – Põe-se a zanzar na excitação. Para um instante em frente ao pai e explica: – Foi quem sujou o OLHO ABERTO. Quem melou tudo, eu te contei.

O deputado arreganha as sobrancelhas, compreendendo.

Eclipse retoma o ziguezague, irritado agora com Zé Maria ao telefone. Para variar, enviava beijos e amassos à namorada. Eclipse procura aguentar um pouco mais. Não aguentando, reclama:

– Vamo acabar com essa paquera! Preciso ligar pro Rui!

O pai pondera:

– Tou achando tarde pra telefonemas...

Eram onze e meia.

Eclipse zanza, sacudindo o jornal na mão.

– Quero ver a Flávia – fala. – Quero ver a cara do Henrique e o Gilson. Esfrego nas fuças deles!

– Fosse você, não te metia... – opina o pai, ponderando. – A imprensa exagera...

– Nãããão! Aqui nããão – Eclipse nega. – Castigo de Deus, isso sim! Esfrego nas fuças do Gisfranco também! – acrescenta. – Aliás, por pouco não se mete numa encrenca... Pensou? A Gráfica Oeste patrocinando o Colégio Alternativo, pronde ia a fama?!

O pai oscila a cabeça, numa expressão avaliadora. Espreguiça-se na cadeira e, levantando-se, aconselha:

– Deixa. Uma notícia dessas já é bastante humilhação.

– Deixar, não deixo – declara Eclipse, vingativo.

Dirige-se ao corredor, puxa bruscamente o telefone da mão do irmão. Dono do aparelho, desculpa-se do ato, junto à namorada:

– Hein, Zilda, amanhã ele te manda mais beijos! Papai precisa falar, urgente.

Zé Maria, indignado, tem de conformar-se, vendo o pai rir da mentira. Afinal, estava a falar com Zilda há mais de duas horas.

Eclipse disca o número de Rui. A ligação se completava, chamando ao fim da linha. Eclipse aguarda três toques, quando, de repente, muda rumo como besouro, desliga. Arrependido, chama o irmão:

– Pode falar, se quiser...

Mas Zé Maria não quer.

Por que mudara assim de ideia? Eclipse, mesmo, não entendia. Alguma coisa, na terceira chamada do telefone, lhe infundira um medo súbito. Um medo tolo, mas desconfortável, de que sua ligada acordaria bem um pai, ou bem uma mãe de criação. Pai, sobretudo, o amedrontava. O que Rui costuma apelidar de *coronel*. Sabe lá?... Teme esse pai – que de resto mal conhece – como a um velhaco rabugento e irascível.

*

Retirado à cama, a sós com os pensamentos, planeja o que fará no dia seguinte. Tirará cópias da notícia, a fim de espalhá-la pela escola. Dará uma a Dona Jerusa, outra a Françoise, uma ao Celestino. Afixará com tachinhas no quadro de avisos. Nos banheiros pregará com fita colante.

Fechando os olhos, coloca-se no lugar de alguém que, casualmente, abrindo um jornal, desse com o pai envolvido em trapaças. Teria um choque de cair para trás. De nunca mais enfiar os pés no Alternativo. Aposta mentalmente em como o Roberto faltará às aulas, semana ou duas, tenha um mínimo de vergonha.

Cogita igualmente na hipótese contrária. O pai acordando, satisfeito da vida, sentado à mesa do café e dando de cara com a manchete: FILHO SURDO-MUDO DE DEPUTADO PEDE ESMOLA.

Lembra-se da aventura inesquecível.

Iam-se os anos, certas férias, em que Mauro e ele decidiram, de uma hora para outra, enriquecer. Mauro, aos oito anos, era um menino redondo, porejando gordura. Barravam-no no futebol, excetuando o posto de goleiro. Ele, por sua vez, era um esqueleto preto, cadavérico, parecendo grafite ambulante. Barravam-no também no futebol, pois machucava-se facilmente nos esbarrões. Ambos cansados de ser excluídos das peladas, resolveram comprar mesa de totó.

Naquela tarde, vestia *short* desbotado, a camisa rota e descosturada, um chinelo espandongado que Mauro, olhando, observou: "Parece de mendigo". Encarou-o com uma expressão de quem descobre um tesouro. Acrescentou com leve inveja: "Fosse você, pedia esmola, seu bobo!".

Entre Mauro e ele houve um clarão de compreensão. Enfiaram unhas nas roupas, lambuzaram-se de terra, transformaram-se em esmoleiros.

Aos molambos, distanciaram-se da vizinhança, indo pelas bandas do endereço do Rui. Havia ali casas tratadas, belamente ajardinadas, promissoras de conforto.

O mendigo Mauro justificaria a gordura, revelando-se portador de doença rara, que inchava à desproporção. Era, além disso, amparo único do amigo magro, órfão, preto e surdo-mudo de nascença. De modo que, arrastando-o pelo braço, acionou, na primeira casa, a campainha estridente: "Um dinheirinho, dona, p'favor!". Como a senhora à porta demorasse a entender, ele explicou: "Meu amigo é preto, magro, órfão e surdo-mudo de nascença!". A mulher dobrou a cabeça no pescoço, assimilando. Sem falar, desapareceu atrás da porta e regressou com duas bananas.

Não era dinheiro, mas era um ganho. Os pedintes apreciaram a dádiva. Adiante, apertaram outra campainha. "Moço, p'favor", o peditório repetiu-se. Desta vez o rapaz puxou a carteira e, dispensando pormenores, deu-lhes algum dinheiro. "O senhor vai pro céu!", Mauro, feliz, assegurou. "Vai sim! Vai sim!", pareciam confirmar os gestos do mudinho.

– Não disse?!... – Mauro exclamava, na calçada.

Entusiasmado com os resultados, escolhia o modelo da mesa, via-a ao centro da varanda.

Chegaram a uma terceira porta de madeira trabalhada. Tocaram a campainha várias vezes, para atendê-los um senhor fardado e imponente. Quer fosse o ar solene, quer o uniforme impecável (com um barrete a cores na altura do bolso), Mauro engrolou em tom medroso: "Meu amigo pretinho, coitadinho... é qu-quase cego, surdo-mudo... o s-senhor teria umas... bananas?" O militar franziu o cenho grisalho, avançou o queixo no rosto, bradando aos roncos: "Banana! eu mando prender os dois!"

O clarão de compreensão foi instantâneo: aquele não era um senhor simpático. Desataram a correr desbragadamente e só pararam exaustos. Mauro, responsável-mor pela empreitada, procurava tranquilizar o companheiro: "Que é isso, João? Para de tremer! Quem prende criança pode ser preso!".

Ele, porém, só tinha uma imagem na cabeça. A do pai lendo o jornal, de manhã, e encontrando: FILHO DE DEPUTADO FINGE QUE É SURDO-MUDO E É PRESO.

10
REI DEPOSTO PERDE CAPANGAS

Graças à divulgação do Eclipse, professores e alunos do colégio inteiram-se das trapaças que envolvem a Gráfica Oeste. Françoise leu a notícia num jornal da sala fresca, Dona Jerusa tomou conhecimento no noticiário das seis, Celestino Calado ouviu contar nas versões variadas dos garotos.

Aos que custam entender o que estava em jogo, Eclipse frisa, articulando:

– É... meu irmão. Foi a gráfica que cortou nossa matéria, pra colocar retratos de Flávias e outros grandes atletas...

A quem, neste ponto, ainda custasse a interligar o a com o bê:

– Pô, tapados, parecem perdidos na atmosfera! A gráfica sonega, no grupo que sonega, do dono que sonega, que é pai do Roberto, que sonegou o OLHO ABERTO! Sabem o que é sonegação? – olha à volta, irritava-se com os olhares embaçados. – É a maior *frauda*! – mostra a cópia da notícia, juntando o toque: – Te liga, cara!

Durante o recreio, preocupado em informar o povo, posiciona-se de pé num banco, para aclarar as palavras:

– Quem pensa que *frauda* é pano dobrado, feito para absorver os excrementos?! Quem é que não entende o que é excrementos?!

Gestos largos, pode orar com liberdade, pois, como previra, Roberto faltara às aulas.

*

Chamou a atenção, dali a dias, Roberto sozinho, mordendo

gravetos, no posto usual da figueira. Aonde estavam seus comparsas Gilson, Flávia e Henrique? Acabara o grupo dos valentes?

Mauro, notando o isolamento, externa a Júlia:

– O poder de uma notícia... – Cabeceia, apontando o Roberto. – Já viu o rei sem os capangas?

– Nunca! – responde Júlia, discretamente.

O pior para ela – o mais infame – é Flávia alegar que se afasta "por causa da má fama".

– E Flávia, que nem de amizade entende! Esqueceu de como foi que conseguiu colocar o retrato no OLHO ABERTO!

Henrique, por sua vez, desertara a figueira, com pretexto. E Mauro disse:

– Coincidência, não, Henrique namorar a Cíntia no dia seguinte?...

Flávia fita o par namorando, junto à grade:

– Aí não sei... a paixão brota, mesmo...

Veem um Roberto encabulado dirigir-se à cantina. Aproximam-se. Lá Roberto compra um quibe e põe o hambúrguer de um colega em sua conta.

– Naturalmente, um hambúrguer para o Gilson! – exclamam juntos Mauro e Júlia.

Viram de costas, para rir. No que se reviram, risos contidos, tornam a encontrar Roberto sozinho.

– Poxa, o Gilson realmente descarou! – comenta Mauro.

Nisso chegam Eclipse e Rui.

Vêm conversando. Rui, mãos nos bolsos; Eclipse, alisando a inscrição "Vote em mim" na camisa. Vêm também impressionados com a solidão do rei deposto.

– Meus súditos! Meus súditos! – clama Eclipse, gozando.

Já Rui, discretamente, pergunta a Mauro e Júlia:

– Repararam?...

– E como! – diz Júlia.

– Castigo do Céu! – sentencia alto o candidato ao Grêmio.

– Pode ser, mas fala baixo – pede Júlia, comentando: – Bastou o sujeito estar por baixo, abandonam... De certo modo, dá pena.

– Dá – concorda Eclipse, e, aproveitando que Roberto passava perto, cumprimentou-o:

– Como vai seu pai?

Roberto nada diz. Apenas segue, direcionado ao banheiro, onde entra.

– Como vai seu pai? Que história é essa?! – acode Rui.

– Quis ser solidário – diz Eclipse.

– Depois de dedurar, como dedurou?

Rui simplesmente não via o sentido.

– Quis ser humano, cara.

– Perguntando pelo pai. Remexendo na ferida?!

João Luz, finalmente, se toca. Na ocasião em que cruza com Roberto, pouco depois, retifica:

– Como vai sua mãe?

*

Entardece um céu sereno e fosco.

A sirena do Alternativo apita, pondo fim ao turno.

Na quadra em volta do colégio, mães e pais apressados abolotam os carros. Crianças dispersam-se.

No estacionamento privativo dos professores, um carro zarpa com ânimo. Contorna o balão rinchando os pneus, tomando a rua com vontade. No que se dispõe a bater recordes, freia, segue a calçada onde Sônia vai.

– Quer carona? – pergunta Roberto Tarti, debruçando-se para ela.

– Não, obrigada! – diz a menina, continuando a andar.

Roberto arranca, forçando passagem no sinal vermelho.

"Eu, hein...", Sônia pensa. "O peste danou..."

Nisso, uma voz atrás a interpela:

– Aprendeu a dizer não?

Ela vira-se e vê Rui.

– Tou proibida de aceitar caronas – responde.

– E aquele dia no ponto do ônibus? – ele cobra.

– Ainda não tinha proibição.

– Quer dizer que, se eu guiasse, não aceitaria minha carona?

– Não, até dezoito anos.

– Do Eclipse também, não aceitaria?

– Não.

– Do Mauro?

– Não. Que negócio é esse? Não tou entendendo.

– Fazendo hora, enrolando... Quer ir na padaria, comer um sonho?

– Não, 'brigada.

– Poxa, quando aprende a dizer não, é não-não-não que sai da frente!

Sônia para, olha sabida, com a mão na cintura.

– Escuta, Rui, não tem assunto melhor?

– Tenho. O próximo número do OLHO ABERTO.

Repõem-se a andar. Rui enverga a costumeira expressão séria.

– Eclipse e Júlia pretendem fazer uma pesquisa de opinião sobre os alunos do nono ano. Mas escuta – muda o tom –, não quer ir na padaria?

– Não posso – diz Sônia.

– Tá proibida?

– Tem nada a ver.

Sônia para e o encara:

– Que há com você?! – nota algo de artificial em Rui. Inconscientemente provoca-o: – Tá querendo bancar o Roberto, por acaso?

– Depende – diz Rui, irônico. – O Roberto metidão, de antigamente, ou o que murchou, quando viu o que o pai roubou?

– Não acho que o Roberto tenha mudado — reflete Sônia. – Continua achando que tem um carro irresistível e que eu não entro na carona de vingança.

– É... mas vamos mudar de assunto. Tá indo pra casa? – Rui sonda.

– Vou encontrar minha mãe no trabalho.

– Daqui, direto?

– Sim. Por que tanto espanto?

O comportamento de Rui destoa de sua pessoa. Para cúmulo, está retendo-a pelo braço, no momento de atravessar a rua.

– Qual é?!... Nããã... tem coisa errada nisso! Tá bêbado, por acaso?

Impedindo que Sônia siga caminho, Rui força-a a dobrar a esquina no sentido da padaria. Segura-a ao punho, como alguém conduzindo um detento à cadeia. Sônia empalidece, escandalizada. Não berra, porque afinal conhece Rui há muito tempo. Isto é, chegara a pensar que o conhecia.

– Você endoidou?

Como satisfação, ele responde:

– Só cinco minutos. A gente resolve, depois solto!

Metros adiante, enveredam pela padaria como dois loucos.

– Me larga, Rui! – suplica Sônia.

E Rui larga-a, juntando-se a Mauro, Júlia e Eclipse, que cantavam para ela parabéns, em torno de um bolo.

*

Combinaram domingo de irem ao cinema.

A mãe de Sônia os transportava à ponta sul do Plano Piloto. Concluído o filme, o pai de Mauro os buscaria.

Preferindo não pingar de casa em casa, Dona Cleide, levando consigo a filha e Júlia, passava às cinco em casa de Mauro, a fim de apanhar os garotos.

Rui e Eclipse estão a postos, quando chega a caminhonete. Trajam calças *jeans*, camisa de gola, enfiada à cintura. Apresentam o aspecto de banho tomado recentemente.

Dona Cleide sobe com o carro no piso de pedras da garagem e desliga o motor. Sônia, dentro, pergunta:

– Cadê o Mauro, não vem?

– Não tenho certeza... – diz Rui.

Lança a Eclipse uma expressão acusadora.

A mãe de Sônia, repensando, liga o carro e manobra no sentido da partida. Sônia desce, pergunta:

– Como, não vem?

Viu que Rui vacila em responder. Embaraçado, permanece acusando Eclipse.

– Eu?! – faz este, colocando a mão no peito. – Não fiz mais do que boa ação.

– Conta logo! – diz Júlia, descendo do carro também.

Aproxima-se de Eclipse. Lembra que o atraso os levaria a perder a sessão das seis. Eclipse, acuado, coça a cabeça. Fica silencioso um tempo, depois diz:

– Nada... Mandei trocar de camisa. Foi só.

O tom inocente com que se revela, a maneira espontânea, não sublinham um malfeito.

– Mandou trocar a camisa e que mais... – insiste Júlia, intuindo que a frase de Eclipse é a ponta de um perigoso *iceberg*.

– Foi uma brincadeira – diz Eclipse. – A culpa não é minha, se não gostou.

Sônia, a essa altura compenetrada do que tinha a fazer, grita com força:

– Mauroô! Liga não! Eclipse é um caroço.

Sabia que para Mauro desistir do cinema, Eclipse exagerara em alguma coisa. Acha injusto que todos partam sem o Mauro, por isso, empenha-se:

– Vem, Mauro! Manda o Eclipse pra Cremilda!

Dona Cleide, insatisfeita com a explicação de Eclipse, pergunta-lhe:

– Por que pediu que trocasse a camisa? Não gostou?

Eclipse, envergonhado com a inesperada intervenção, esclarece:

– Mania de usar camisa do Botafogo, ninguém aguenta, poxa! – Percebe que a mãe de Sônia bebia suas palavras, querendo compreender. – Mandei vestir camisa decente. – Mostra a sua como exemplo.

– Aí... – Rui completa –, abriu a torneira da mangueira e encharcou Mauro inteirinho!

Dona Cleide joga a cabeça para trás, avaliando a cena. Depois, fechando os olhos, abaixa a testa no volante. Prefere não tomar iniciativas, esperando que as meninas resolvam tudo.

Sônia e Júlia combinam berrar juntas:

– Mauroô! Sem você não tem graça!!

Cruzam os braços, esperando retorno. Nada. O minuto de silêncio prolonga-se. Júlia lança um novo apelo:

– Anda, Mauro, senão não falo mais com você!

Impaciente, direciona-se para o carro, chamando Sônia:

– Também não vou rastejar pra que venha! – Explica. Virando-se para Eclipse: – Viu o que aprontou?

É quando Mauro, seco e enxugado, aparece no portão. Veste calça de veludo rajado, camisa de brim. O aspecto arrumado, aliado à roupa nova, causam um impacto agradável. Júlia, por uma, não se contém:

– Mauro, você está lindo! – exclama, correndo alegre como um pássaro livre, a fim de sapecar-lhe dois beijos.

– Falei da boa ação... – murmura Eclipse, de esguelha.

Mauro ganha o automóvel, algo desengonçado. Troca dois

beijos com Dona Cleide, Sônia. Na hora de entrar e sentar, ousa impor sua condição:

– Só que não ao lado dele!

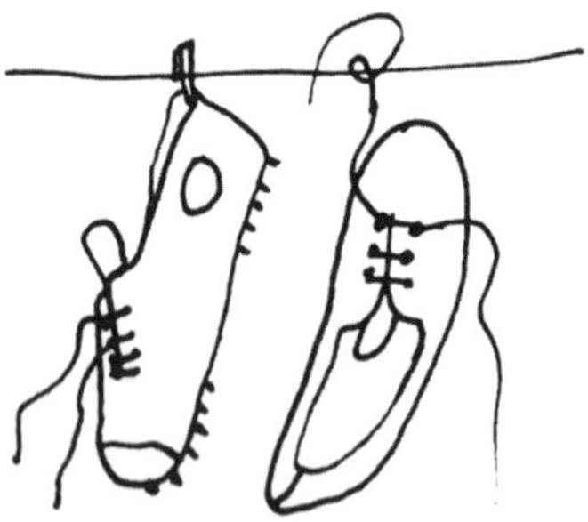

11
OLHO ABRE NOVA FASE

O grupo do Roberto já não mais se reúne, provocador e arrogante, sob a copa da figueira, com o propósito único e exclusivo de zombar e caçoar. Verdade é que tampouco passara a se reunir em outro ponto do colégio, fosse ou não com intenção mais nobre. Dissolvera-se, para não se refazer, desunindo os "quatro inseparáveis", como as folhas que o vento leva, numa leve ventania, na menor adversidade.

Durante algumas semanas os jornais do País continuaram publicando notícias complicadas sobre a Gráfica Oeste e seu proprietário. Ora, embora se saiba que, no terreno do comportamento, nem sempre filho de peixe, peixe é... Eclipse deixava claro que, em se tratando de Roberto, esse provérbio não falhava. Apenas, em seu entender, se modificava:

– Filho de peixe, peixe em dobro!

A tal ponto que sua atual preocupação era impedir que Roberto se casasse, engravidasse a mulher, povoando o mundo de peixes feitos à sua imagem.

– De repente, vêm trigêmeos, os trigêmeos crescem, casam, multiplicam, o Brasil, como é que fica?!

Por isso não se comove quando sabe que o Roberto capotara com o automóvel, saindo inteiro fisicamente, mas (menor e sem carteira), encrencando o pai como responsável junto às autoridades.

– Bem feito! – pragueja. – Quem mandou ser racista? Quem

mandou viver só debochando? Quem mandou querer destruir o OLHO ABERTO?

*

E assim vão-se os dias no colégio...

Era segunda-feira.

Wandick surge, dá uma espiada, depois entra na sala fresca. Atravessa o cômodo de leitura, até o cubículo, onde vê Rui. Retira um recorte de jornal da pasta cinza e entrega-o. Diz o artigo:

> *O novo secretário declarou que pretende acabar de vez com a ilusão de que Brasília é o paraíso da esperança de todo o pobre na região. Pretende com isso diminuir a migração para o DF, pondo fim – mas fim mesmo! – às invasões.*

– Esse secretário é inexperiente – Wandick comenta no ouvido de Rui.

– Falou!... – diz este, agradecendo.

Obriga Françoise a censurá-lo com o *pssit.*

Wandick então sai de fininho, como entrara.

Faz frio, parece. Rui esfrega-se. A sombra da figueira acentua a impressão de que o seco inverno vem chegando. Dobrando o recorte do Wandick, Rui coloca-o por entre as páginas do livro de História do Brasil. Pela primeira vez, não chegara a ler toda a matéria de um impulso. Também, pela primeira vez, pensar em

Sônia parece confundi-lo, impedindo-o de concentrar-se em outro assunto.

*

Terça-feira, dividindo um banco ensolarado no pátio, Júlia e Eclipse discordam sobre a conveniência de aplicarem aos formandos a seguinte pergunta: "Se você fosse alpinista, que montanha escalaria: o Mauna Kea ou o Everest? Dê o motivo." Júlia não via onde Eclipse queria chegar com a indagação.

– Quê que diz o perfil deles?!

– Ora, um montão – garante Eclipse. – Diz quem sabe que o Mauna Kea é mais alto que o Everest. Mostra quem prefere o Everest, pra aproveitar e consultar o novo guru da Índia. Quem prefere o Mauna Kea pra aproveitar e pegar surfe no Havaí. Quem é que, podendo, escala os dois. Quem é que, nem pago, não escala nenhum. Quem é que prefere o Pico da Bandeira porque é mais perto. Quem é que escalava no auge do inverno, pra correr mais risco. Quem é que não tem ambição de altura. Quem é que, enfim, modéstia à parte, tem outros planos de vida.

– Tá bom, Eclipse... É uma pergunta interessantíssima.

*

Quarta-feira, recreio.

Percorrendo o pátio, cabisbaixa, Sônia caminha junto à grade, braços cruzados no caderno contra o peito. Anda alheia ao movimento, como quem está concentrada em algum problema a resolver. De fato, lida com um problema do Correio Sentimental, coluna agora sob sua batuta. Pois a questão que lhe endereçavam era a seguinte:

> *Querido Correio,*
> *Tem um menino boa-praça querendo me namorar, apesar de saber que não me ama. Eu também quero namorar com ele, apesar de saber que não o amo. Como é que a gente resolve isso?*

Preocupada, não quer falar só por falar, mas sim emitir conselho prático e responsável. A princípio, acredita enxergar solução óbvia. Aí, repensando, teme que o problema, aparentemente inexistente, possa esconder uma cilada. Deseja falar com Rui sobre isso.

*

Quinta-feira, no banheiro, Celestino Calado, sorridente, cumprimenta Mauro.

– Cumé, vai falar bem do nosso time?

– Não posso, Celê. Dessa vez vou cobrir os jogos de vôlei.

Celestino, parado, empunhando o rodo, fita Mauro, que lava as mãos. De repente diz:

– Pressão, entendo. É preciso fazer o que o jornal manda.

– Né não – retorna Mauro, puxando o papel de enxugar. – É uma promessa que eu fiz.

Celestino reage, balançando intrigado o cabo do rodo. Depois, curioso:

– Promessa que a mãe fez pra você cumprir?...

– Né não. Que eu mesmo fiz – diz Mauro.

Dispõe-se a sair do banheiro, mas diante do espanto de Celestino:

– Um dia... quando ia sendo estrumbicado por um assaltante.

*

Sexta-feira, fim de escola, ponto de ônibus.

– Ei, Rui!

– Wandick! Quê que manda?

– Mais recortes.

– Sensacional!

– Lê este aqui.

> *... vamos deixar nossos trem no chão. Não vou arribar daqui da ponte, não senhor. Até nós ter pra donde ir. Se donde a gente veio fosse bom, a gente não tava nesse viaduto.*

Era o terceiro número do OLHO ABERTO preparando-se.

A EQUIPE DO OLHO ABERTO

Editora
SONIA JUNQUEIRA

Projeto Gráfico
ANA RAQUEL

Coordenação de Arte
NORMA SOFIA

Roteiro de leitura
GRAÇA SETTE
CELESTE SEMIÃO

Revisão
LIBÉRIO NEVES

Editoração eletrônica
PARAGRAPH

Fotolitos
POLICROM